新潮文庫

いもうと

赤川次郎著

新潮社版

11584

目次

いもうと

1　雨

タクシーのライトの中に、激しい雨にけむる病院の玄関が浮んで見えた。

「そこへつけて下さい」

と、実加《みか》は言って、財布の口を開けた。

深夜料金は四千円近くになっていた。

「どうも」

実加は千円札を四枚渡して、「おつりはいいです」

ドアが開くと、ほんの二、三メートルの距離を駆け抜けて、玄関へと飛び込んだが、たったそれだけでもかなり濡《ぬ》れた。それほど激しい降り方だった。

タクシーのライトを見たのだろう。実加の顔見知りの看護師が出て来てくれた。

「北尾《きたお》さん――」

「母は？　見付かりました？」

実加は息苦しいような口調で訊《き》いた。

「それがまだ……。入って下さい」

「申し訳ありません。ご迷惑かけて」

明りの消えたロビーは、冷え冷えとして、静まり返っていた。

「こちらこそ、ほんのちょっとの隙《すき》に……。でも、見落としたのは、こちらの手落ちです」

「いえ、それは……」

大きく息を吐いて、北尾実加はハンカチで顔を拭《ふ》いた。「いつも外へ出て行くようなことはなかったですよね」

「ええ。北尾さんはとても穏やかで、本当に手のかからない方なんです」

と、看護師は言った。「ですから、お部屋に姿が見えなくても、お手洗だろうと思って、すぐには……」

「どこから出て行ったんですか？」

「こちらです」

足早に先に立つ看護師を、実加はあわてて追って行った。

「夜の内に、シーツやタオルケットの替えを用意するんです。で、途中で汚れたのが必ず何枚かあるので、このドアから出て、クリーニング用の袋に押し込みます。――その、ほんの何秒か、ドアは鍵《かぎ》がかかっていないままになるんです。でも、すぐに戻りますし、まさか……」

「ここから出て行ったのは、確かなんですか？」

「お姿が見えないので、中をあちこち捜して。でも分らず、監視カメラの録画を見たんです。そうしたら、北尾さんがここから出て行くのが映っていて……」

「自分で外へ出た、ということですね」

「ええ、そうなんです」

「この雨の中……。傘は持っていないですよね」

「ええ、お持ちじゃありませんでした」

と、看護師は言って、「あの……もちろん、出た辺りは捜しましたけど……。夜間は人手がなくて、中を空にするわけにいかないものですから。ご理解下さい」

と、辛《つら》そうに言った。

「もちろんです。他に大勢いらっしゃるんですもの」

と、実加は言った。「恐れ入りますが、傘を貸していただけますか？　それと懐中電灯があれば」

と う も い

「もちろんです」

「私が捜します。どうぞ気になさらないで」

実加は、母、治子《はるこ》が出て行ったドアから、傘を手に外へ出た。貸してくれたのはペンシルライトだったが、充分に光量はある。

——どうして？

どうして、母はこんな冷たい雨の中、外へ出て行ったのだろう？

雨が、傘に音をたてた。

母、治子が心を病んで、この病院に入ったのは、実加が高校一年生のときだった。それからほぼ一年半。北尾実加は高校二年生の冬を迎えていた。

実加は、雨の中、病院の周囲をぐるっと回ってみた。——明りがほとんどないので、小さなライトで照らしながらである。

「お母さん！」

と、呼んでみた。

雨の中で、聞こえないだろうとは思ったが、早く見付けないと、ただでさえ体力のない母の命にかかわる。

それにしても——こんな風に、自分の意志で外へ出たのには、何か理由があるはずだ。もちろん、その詮索《せんさく》は母を見付けてからのことだが……。

「もう……。どこ行っちゃったんだろう」

吐く息が白くなる。しばらく外にいると、凍えるほどの寒さである。

看護師の話では、母はいつも寝ているときのパジャマの上に、ガウン代りのバスローブをはおっているだけだったとか。健康な人間でも凍えて病気になるだろう。

遠くへ行くはずはないし……。

実加は足を止めた。

「もしかしたら……」

治子の夫、北尾雄一《ゆういち》は、今単身赴任で札幌に行っている。帰って来るのは年に二、三度だが、この病院にやって来たときは、母と二人、病院を出て数分の公園によく散歩に行く。

しかし、この雨の中では、公園まで行くのも楽ではあるまい。でも、ともかく行ってみるだけでも……。

幸い、雨は少し小降りになった。

実加は急いで公園へと向った。水たまりをよける気にもならず、靴の中に雨水が入ったが、構わなかった。

——ここだ。

青白い街灯が小さな公園を照らしていて、中をひと目で見渡せる。やはりここにもいないようだ。

戻りかけて——何か引っかかることがあった。振り返り、公園の中に入ってみる。

ベンチが並んでいるが、二つは向うを向いて置かれている。その先が、下り斜面になっているので、昼間は遠くまで眺められるのだ。

そのベンチの一つ……。背もたれの端から、何かはみ出しているものがある。

服の一部のような……。実加は駆け出していた。

「——お母さん！」

治子は、ベンチの上に身を縮めるように横になっていた。もちろん雨に濡れて。

「どうしたのよ！　お母さん！」

傘を投げ捨てると、実加は治子を抱き起こし、ぐったりした体を何とか苦労して背中におぶった。

「お母さん！　しっかりして！　——お母さん！」

と、必死で呼びかけながら、冷え切った母をおぶって、懸命に病院へと走った。

また雨足が強まっていた。顔に当る雨滴に目を細くしながら、実加は病院へと急いだ。

病院へ。――病院へ。

目の前の病院が、とんでもなく遠く感じられた。


「――どうもすみません」

タオルで濡れた髪を拭きながら、実加は言った。「洗ってお返しします」

「いいんですよ、そんなこと」

と、看護師が首を振って、「風邪を引かないようにね。――もっと何か暖かいものがあるといいんだけど……」

「とんでもない。大丈夫です」

母、治子を運び込んで、当直の医師に託したが、実加もずぶ濡れで、寒さに震えていた。

看護師が着替えを貸してくれて、実加は熱いシャワーを浴び、やっと生き返ったような気分だった。

「あの……母は……」

「今、先生が診ていますけどね。心臓が弱ってらして……」

覚悟しなければならないだろうと分っていた。あの雨に、二時間以上も打たれていたのだ。

「でも、どうして……」

と呟《つぶや》いていた。

「ええ、それが私どもにも……」

と、看護師が言いかけたとき、

「北尾さん」

と、中年の医師が呼んだ。「来て下さい」

実加はギュッと唇をかんで、医師の方へ歩き出した。

まだ涙は出なかった。

病院の電話を借りて、札幌の父の所へかけた。

電話は鳴っているはずだが、なかなか出ない。――もう夜中の三時に近いのだから当然だろうが。でも、出てもらわなくては。

やっと向うの受話器が上った。

「――はい」

半分眠っている声だ。

「お父さん、私」

少し間があって、

「実加か。何だ、こんな時間に」

と、少し間延びした口調で言った。

「あのね、お母さんが……」

そこまで言ったところで、実加は突然体の内からこみ上げてくるものに圧倒されて、何も言えなくなってしまった。

「――母さんが？　どうしたんだ？」

父に訊かれて、

「ついさっき……死んだよ」

やっとそれだけ言ったが、涙にむせんで言葉にならない。

「母さんが……。そうか」

父の声も上ずっていた。「――分った。できるだけ早い飛行機で帰る」

「うん……」

「お前……大丈夫か」

「何とか……。じゃあ、待ってる」

「うん、分った」

電話が切れた。

「ありがとうございました」

と、看護師に礼を言ったが、ちゃんと言葉になっていたかどうか、自分でもよく分らなかった。

「あの……」

と、実加は訊いていた。「私、今、父の所に電話してましたよね？」

看護師は肯《うなず》くと、実加の手を取って握った。

「私たちがしっかり見ていなかったせいで……。ごめんなさい」

「いえ……。とんでもない。そんなことありません」

そう言ってから、「母のそばにいてもいいですか」

「ええ、もちろん。でも、後で体にこたえますから、気を付けて」

「ありがとうございます」

母の部屋の方へ戻りながら、私、お母さんがどうして死んだか、お父さんに言わなかった、と思った。

　お父さんも訊かなかった。──そんなものかもしれない。

　もちろん、訊かれても答えられたかどうか、分らないけど。

──深夜の病院の中は静かだった。

2　別離

　一瞬、誰だか分らなかった。

「あ……」

　でも、すぐ気付いて、「マキ子さん。わざわざ……」

「ごめんなさい、遅くなって」

　グレーのワンピースにコートをはおった女性。──安西《あんざい》マキ子という、母、治子の入院していた病院の看護師である。
　二十四、五と若く、明るい性格で、治子の話し相手にもなってくれていた。実加も「マキ子さん」と呼んで、仲良くしていたのだ。
「お線香、あげさせていただいても？」

「もちろん、どうぞ」

実加はスリッパを出して、「散らかってるけど」

――実加も疲れていた。

葬儀が終り、お骨はこの自宅へ戻っている。

マキ子はていねいに線香をあげると、少し涙ぐんで、

「ちょうど私、いなくって……」

と言った。

「いいんです。こんなに、家まで来て下さって……」

「いい方でしたよね、お母様」

と、マキ子は治子の写真を眺めて、「ちょっと恥ずかしそうにして……。とても純真な方でした」

「ええ。――きっと、色々な世の中の辛いことに耐えられなかったんです」

と、実加は言った。「隣の写真、姉の千津子《ちづこ》です」

「ああ、よく話して下さったわ。とてもしっかりした娘さんだったって」

「そうなんです。事故で亡《な》くなって……。母は、本当に辛かったと思います」

実加にとっても、「頼りになる姉」だった千津子の死のショックは大きかった。

「――今ごろ、姉と久しぶりに会って、おしゃべりしてるかも」

実加は微笑《ほほえ》んで、「あ、紅茶いれますね」

と、立ち上った。

ティーカップを出していると、マキ子が台所へやって来た。

「お手伝いしましょうか」

「あ、いいですよ。座ってらして下さい」

と、実加は言ったが、マキ子はその場に立ったまま、動かなかった。

何か言いたげな様子のマキ子に、

「マキ子さん……」

「分ったんですか？　お母様がどうして、あの雨の中へ出て行かれたのか」

マキ子の問いかけには、どこか実加の心に語りかけてくるものが感じられた。

「いえ……。それは何も」

と、実加は言った。「ミルク、入れます？」

二人で居間に戻り、一緒に紅茶を飲んだ。

「――私、あの日の夕方まで、病院にいたんです」

と、マキ子は言った。「お母様、少しもそんな様子、見えなかったんですけど」

「そうですね。何があったのか……」

実加は首を振って、「今となっては、誰にも訊きようが……」

「そうですよね」

マキ子は肯いて、「私も、色々思い出そうとしてみるんですけど、格別変ったことは思い付かなくて……。ご主人様からお電話があったこと以外は、これといって……」

実加は、ティーカップを置くと、

「電話って……父から？」

「ええ。夕方ごろ。私がもう上ろうとしてるときに。お母様をお呼びして、私、そのままロッカールームへ……」

「――そうですか」

「でも、仕度して帰るとき、電話を終えて戻って行くお母様とお会いしました。いつもの通りニコニコして、『お疲れさま』と、おっしゃって……。私、その夜から友達と旅行に出てしまって、何が起ったか、知りませんでした」

「もう、心配しないで下さい。私も、毎日病院に通っていれば良かったんですけど、ついつい『明日行こう』とか考えてしまって」

「いえ、実加さんは必ず毎週二度はおいででしたもの。そんな方、ありませんよ」

マキ子はそう言って、紅茶を飲み干すと、

「お父様は、まだ札幌ですか？」

「ええ、勤めは。今日は本社に顔を出してくると言って出かけました。明日か明後日《あさって》には札幌へ戻るでしょう」

「じゃ、お一人で？」

「もう慣れてます」

と、実加は微笑んで言った。

「ありがとうございました」

玄関から出た所で、安西マキ子を見送った実加は、家の中に戻って、ティーカップを台所の流しへ運んだ。

「お父さんが……」

母に、あの日、電話していた。実加は、父からそんなことは聞いていなかった。

父が忘れていただけなのか。母に、特に変った様子はなかったというが……。

実加には、何か心に引っかかるものがあった。

父、北尾雄一は、単身赴任した札幌で、部下の女性、内田《うちだ》祐子《ゆうこ》と関係を持つようになった。

心を病んだ母、治子にとって、夫の裏切りは深い傷を残す出来事だったろう。雄一も、内田祐子との間について、はっきりと決着をつけることができないまま、日々が過ぎて行った。

何といっても遠い札幌のことである。その後、父と内田祐子の間がどうなっているか、実加には知りようもなかった。

ただ、一度治子に会いに来た内田祐子は、そのまま札幌へ戻って行き、父の話では、職場を移ったとのことだったが、それが本当かどうか、実加には確かめるすべもない。

でも……父からの電話？

マキ子の言葉は、実加の中で不安な思いを増幅させていった。

——父は思いがけず早く帰宅した。

「何か食べに出よう」

と、雄一は言った。「向うで問題が起った。明日、札幌へ戻る」

「そう」

「ゆっくりしていられなくて、すまんな」

「いいよ、別に」

実加は、父のいない暮しに慣れていた。

二人は近くの駅ビルに出て、食事をとった。

ほとんど言葉は出ない。——食後、コーヒーを飲みながら、実加は、

「今日、あの病院でお母さんと仲良くしてくれた看護師のマキ子さんがみえたよ」

と言った。

「そうか」

「お父さん、あの日、お母さんに電話したってね」

さりげなく言ったが、雄一は表情を固くした。

「そうだったかな」

と、コーヒーにミルクを足して、「苦いな、このコーヒーは」

実加から目をそらしている。

「何の用だったの？」

「——何が？」

「お母さんに電話したんでしょ。何か用があったんだと思って」

「さあ……。忘れたな」

逃げている。——実加は、でも今ここで父を問い詰めたくなかった。

きっと、お父さんの方から話してくれる。そう自分に言い聞かせていた。

「明日は早く出る」

と、雄一は言った。「起きなくていいぞ。疲れてるだろ」

「私だって、学校に行かなきゃ」

と、実加は言った。「そんなに早い飛行機が取れたの？」

「空港に行ってから取る。一席ぐらいは、何とかなるさ」

「ご苦労さま」

「何かあったら、いつでも向うに電話してくれ。年末には帰れると思う」

「うん、分った」

父と娘の間には、他人以上にどこか冷え冷えとした空気が流れていた。

「私、ケーキ食べようかな。甘いものが欲しい」

「疲れてるときは甘いものがいい。父さんももらうかな。――おい」

ウエイトレスを呼ぶ雄一は、どこかホッとして見えた……。

やはり気になっていたのだろう。

実加は、階下《した》でのかすかな音で目が覚めた。時計を見ると、五時半だ。

実加はパジャマのまま、廊下へ出た。

「——うん、何時に着くか分ったら連絡する」

父が、電話で話している。「——ああ、無理しなくていいから。——うん、こっちは大丈夫だ。じゃあ……」

雄一はもう玄関にバッグを置き、コートをその上にかけて、出られる仕度をしていた。居間へ入ると、飲みかけだったコーヒーを飲み干して、カップを台所の流しに置いた。

玄関へ出て来て、実加がいるのを見ると、

「何だ、早いな」

と言った。「もう出かけるよ」

コートを取って、背広の上にはおる。

「お父さん」

と、実加は言った。「今の電話、内田祐子さん？」

雄一は靴をはいた。

「まだ付合ってるの」

と、実加は言った。

雄一は答えずに、

「じゃ、行くよ」

と、バッグを手に取った。

「何だったの？　お母さんに何の用で電話したの？　お母さんに何を言ったの？」

実加は、黙っていられなかったのだ。

雄一は玄関のドアを開けようとして、手を止めた。実加に背を向けたまま、少しの間動かなかったが……。

「彼女が子供を産んだ。女の子だ」

と、背を向けたまま言った。「もちろん、結婚できないことは彼女も承知だ。だが、子供に罪はない。認知してやりたいと思った。それで……」

「お母さんに――話したの、そのこと」

「うん。電話で言った。母さんは、分ってくれた。彼女の体の心配をして、『大事にするように伝えて』とも言ってくれた」

実加は体が震えた。

「本当にお母さんが何とも感じないと思ったの」

声も震えていた。

雄一は振り返ることなく、

「あんなことになるとは……思ってもみなかったんだ」

と言った。

そして、ドアを開け、逃げるように出て行った。ドアが閉る。

実加はとっさに玄関のサンダルをはくと、ドアを開け、

「お父さん！」

と、父の後ろ姿へ言った。「もう帰って来ないで！」

雄一が足早に行ってしまうと、実加は家の中に戻って、上り口からよろけるように二、三歩歩いて、その場にしゃがみ込んでしまった。

「――お母さん」

実加は涙を拭《ぬぐ》おうとせず、「私、許さないから、お父さんのこと！　絶対、許さない！」

と、くり返した。

家の中は凍えるほどに、寒々としていた……。

「本当に……一人になっちゃった」

実加は、居間の棚の上に置かれた、姉、千津子の写真に向って語りかけた。

「もう、お姉ちゃんも返事してくれないし」

実加は簡単に夕食を済ませて、ＴＶをつけた。ふと思い立って、姉の姿を撮ったビデオを再生してみる。

千津子は、美しく、成績も良く、スポーツも万能という女の子だった。そして、実加にとっては、誰よりも自分のことを分ってくれている、やさしい姉だったのだ。

その千津子が――大型トレーラーの下敷になって死ぬという悲惨な事故が起ったのは、三年前。千津子は今の実加と同じ、高校二年生だった。

悲しみに打ちひしがれた母、治子を必死で支えて、実加は努力した。そして、やっと父と母、実加の三人の生活が明るさを取り戻したとき――父の単身赴任。それから実加を巡る出来事が、不安定だった母の気持を再び闇《やみ》の中へと突き落としてしまった。

「悪いことって続くんだね」

と、実加は言った。

死んだ姉が、実加の中にいて、話ができる。そんな夢のようなことが、本当に起ったのだ。千津子は、時にくじけそうになる実加を、励まし、時には叱《しか》ってくれていた。

でも、今、実加はもう姉の生きた日々を越えてしまった。姿を消した千津子のことを、実加は原稿用紙につづった……。

「でも、原稿用紙は返事してくれないしね」

実加は、この夜、静かに決心していた。

相談する相手もいない。でも、私は大丈夫。一人で生きて行ける。

姉と母に続いて、今日、実加は父も失ったのだ。

「実加！――実加！」

やっぱりね。来ると思ったんだ。

学校を出て、五分と歩かない内に、実加を追いかけて来たのは、一番の親友、長谷《はせ》部《べ》真子《まさこ》だった。

「そんなに走んないでよ、マコ」

と、実加は足を止めて振り返った。

「だったら……初めから待ってろって！」

真子はハアハアと喘《あえ》ぎながら、途切れ途切れに言った。

「ごめん」

と、実加は笑って、「マコ、ちょっと運動不足なんじゃない？」

「何よ、人に心配かけといて！」

「聞いたの？　先生には、黙っててくれって言ったのにな」

「先生はしゃべってない」

「じゃ、どうして？」

「事務の人が話してくれた。実加、大学へ行かないって。——本当なの？」

「うん」

と肯いて、歩き出す。

並んで歩きながら、

「どうして？　実加、成績だってそこそこいいし、大学へ上るのに問題ないでしょ」

「マコ、正直だね。『そこそこ』ってとこが、マコらしい」

「まぜっ返さないでよ。お父さん、ちゃんと勧めてるんでしょ？　大学に行かないって実加の気持、知ってるの？」

「お父さんには言ってない」

実加が、真子から目をそらして言うと、真子も何かあったと察したらしい。

「実加……。じゃ、高校出たら、どうするの？」

私立の女子校に、中学から通って来た実加である。ほとんどの子はそのまま大学へ進み、成績トップの数人は有名大学を受験する。しかし、実加はそういうわけではない。

「働くよ」

と、実加は言った。

「でも――」

「私、特に大学行って何か研究したいこととかないし。だったら、四年間がもったいないと思ったの。社会に出て、自分がどういう存在か、知りたい」

「実加。――お父さんと何かあったの？」

と、真子が訊いた。「お母さんのお葬式のとき、何だか実加とお父さん、他人みたいに見えたよ」

「他人だもの！　親子だって、結局他人だよ。違う人生を生きてくんだもの」

と、実加は強い口調で言い切って、「お父さんはずっと札幌だし、いつも話してないからね。――つい他人みたいになっちゃうんだろうね」

「決心してるんだね、実加」

「うん」

「仕事、探すの？」

「まだ一年以上あるもの。ゆっくり見付けるわ。先生も気を付けておいてくれるって言ってたし」

高校二年の三学期。卒業後の進路を、一人一人面接で話し合う。そのとき、実加は、

「私、就職したいと思います」

と言ったのである。

「何か役に立てることがあったら、言ってね」

と、真子は実加の肩に手をかけた。

「ありがとう、マコ」

実加は微笑んで、「初月給もらったら、おごるね」

「実加ったら！　一体どんな高給取りになるつもり？」

二人は一緒に笑った。

もちろん、分っている。高卒の身で、一人暮しができるほどの給料をもらえるものなのかどうか。

「マコにおごる」なんて余裕は、きっとないだろう。

でも——もう決めたのだ。

あと一年の高校生活は、アッという間に過ぎて行くだろう。そして、真子を始め、

友人たちとの別れが待っている。

仕方ないことだ。

父に頼らずに生きて行く。それは姉と母への追悼でもあった。

お姉ちゃん……。

実加は心の中で、姉、千津子に話しかけた。

これでいいんだよね。私は自分で選んだ道を行く。

その道は、この駅へ続く道とは違って、どこへつながっているのやら、分らないが、でも必ずどこかへとつながっているのだ。

真子と並んで、実加は無言で歩き続けていた……。

3 歳月

「北尾さん」

と呼ばれたとき、北尾実加はコピー機のそばに立っていた。

業務用のコピー機は、びっくりするほど速く作動する。そのくり返す音で初めは聞こえなかった。

「——北尾さん」

もう一度呼ばれて気が付くと、

「はい！」

と、つい手を上げそうになる。

学校じゃないのだ。それでも、名前を呼ばれると、つい……。

「北尾さん」

と、今年入った同僚の安田《やすだ》しのぶがコピー機の方へやって来た。「お電話です。机の方に」

「そう」

実加はちょっと迷ったが、「安田さん、このコピー、見ててくれる？　セットは間違いなくしてあるはずだから、済んだのを戻して、次のページを四十枚コピーしておいて」

「分りました」

と、安田しのぶは言った。「もう慣れたことですから」

「よろしく」

コピー室を出ようとして、「安田さん、誰からの電話？」

と振り返った。

「分りません。訊いても言わなくて」

「分ったわ」

自分のデスクに戻り、受話器を手にした。「——お待たせしました」

向うは何も言わない。

「もしもし？ 北尾ですが——」

「実加さんですね……」

少しかすれた女の声がした。実加は、感情を消した声にする必要があった。

「どうも」

とだけ言った。

「あの……内田祐子です」

「ええ。何でしょうか」

「お仕事中、すみません。お勤め先しか分らなかったものですから」

「ご用件は？」

あえて冷たくしているつもりはなかった。しかし、時節の挨拶《あいさつ》などする気にはなれない。

少し間があって、

「雄一さんが――お父様が、入院されているんです」

と、内田祐子は言った。「できれば会っていただきたいんですが」

「父がそう言ったんですか？」

つい、はねつけるような言い方になった。返事を待たずに、

「父はどこが悪いんですか？」

と訊いた。

「それが……色々……」

と、祐子が声を詰まらせる。

実加にも、病状が深刻らしいと分った。しかし、だからといって……。

「どこに入院しているんですか？」

と、実加は訊いて、メモ用紙を手もとへ持って来た。

「お茶の水のN大病院です。あの――実加さんに連絡するように言われたわけじゃありません。でも、会いたがっていることは分るんです。もしできたら……」

「分りました」

と、実加は言った。「今日というわけにいきませんけど、二、三日の内に、必ず」

「そうしてあげて下さい。お願いします」

祐子は安堵《あんど》したように、「新棟の605になります」

「分りました」

と、メモして、「それじゃ……」

「あの……お変りありませんか」

「おかげさまで。それでは」

「お邪魔して――」

「お父さんが……」

受話器を戻すときも、祐子が何か話しているのが聞こえていた。

もう何年会っていないだろうか。

日々はアッという間に過ぎていく。

「――北尾さん」

安田しのぶの声に、我に返った。

「ごめん！　もう済んだ？」

「重ねてあります」

「ありがとう」

実加は立ち上って、コピー機の方へと急いだ。

「お手伝いしましょうか」

と、しのぶが訊《き》いた。

「いえ、いいの」

と、実加は反射的に答えていた。

コピーの取り方は覚えても、まだ仕事をよく分っていない新人に手伝われると、いちいち教えなくてはならず、却《かえ》って時間がかかってしまう。

自分一人でやった方が早い。——しかし、実加は足を止めると、

「安田さん」

と振り返って、「じゃ、ちょっと手を貸してくれる？」

と言っていた。

「はい！」

安田しのぶが嬉《うれ》しそうに立って、やって来る。

——そうだった。私も、新人のころ、同じように先輩社員の手伝いをしようとして、却って「面倒だから、もういい」と、うるさそうに言われた。

誰だって、初めてということがあるのだ。

コピー機の傍の台に重ねられたコピーを実加はページごとに分けて、

「この順に重ねてとめるの。分る？」

「はい、大丈夫です」

「きちんと揃《そろ》えてね。ページめくるときにやりにくいから」

「分りました」

安田しのぶは、器用とはとても言えないが、言われたことは一心にやってくれる。

それだけでも、新人としては貴重だ、と実加は思った。

「今どき珍しいですね、こういう紙の資料って」

と、安田しのぶが言った。

「そうね。うちも会議はパソコンだけだものね」

と、実加は言った。「でも、顧問の先生方はお年《とし》だから。やっぱり紙の資料がないと不安なんだっておっしゃるのよ」

「そうですか。でも、私もこういう紙の資料って安心します。パソコンって、消えちゃったら簡単に見られないですものね」

「若いのに珍しいわね。ラブレター、メールじゃなくて手紙出す方？」

「手紙っていうか……。でも、メールにしても、私、手で書いたのを写真撮って送ります。メールの文字って、気持がこもらない気がして」

「そういう手があるのね。考えつかなかったわ」

「北尾さんはメールですか？」

「ラブレターなんて、高校生以来、出したことない。相手もいないし」

「まさか」

と、しのぶが笑った。

笑顔が明るくて可愛《かわい》い。この春からの新入社員だが、男性社員の間ではもう人気になっていると聞いていた。

でも、残念ながらそういう子は、たいてい大学で彼氏ができているものだ。

「――これでいいわ。ありがとう」

実加が、資料を抱えて席に戻ると、

「北尾君」

と、課長の友成《ともなり》が声をかけて来た。

「はい。――課長、これ、今夜の資料ですが」

「ああ。それじゃ、会議室の机に並べておいてくれ」

と、友成は言った。「会議にコーヒー、頼むよ」

「手配してあります」

「うん、そうか」

課長の友成は四十代半ばだが、頭はすっかり禿《は》げ上って、いつも何か心配しているような顔で、眉《まゆ》の間のたてじわが消えることがない。

「山之《やまの》内《うち》先生はコーヒーの味にうるさいからな。おいしいのを頼むよ」

「お店に念を押しておきます」

と言いながら、実加はちょっと気が重かった。

「山之内先生」というのは国会議員で、この会社の顧問という肩書ながら、実際にはほとんど何の仕事もしていない。

六十過ぎの、いかにも「先生」と呼ばれたがっているというタイプだが、いつも会議に来ると、案内する実加へ、

「後ろ姿が色っぽくていいね」

などと話しかけて来て、肩を抱いて来たりする。

またあの先生か、と実加はうんざりした気分になったのだが――。

「あの……」

と、とっさの思い付きで、「実は父が入院しまして。見舞に行きたいので、三十分

早退したいのですけど」

と言っていた。

「ああ、そう。――そりゃいけないね。構わないよ、もちろん」

「ありがとうございます」

何だか少し気が咎《とが》めた。でも、嘘《うそ》をついたわけじゃないからね……。

父の入院先のメモを取り上げて、

「本当に行けばいいんだよね」

と呟いたのだった。

病院の外来待合室は、まだ人で一杯だった。

もう受付は終っているはずだが、診察を待つ人が、こんなに大勢いる。

こういう場所に来ると、自分が健康でいることが、何だか申し訳ない気持になってしまう……。

「新棟の605……」

案内図を見付けて確認する。

忙しく行き来する看護師さんたちに訊くのは遠慮して、何とか辿《たど》り着こうと思った。

もともと方向には弱い実加だ。

そう。——そんなところはちっとも変らない。

母の死をきっかけに、高校を出たら自分の力で生きて行く、と決心してから、もう十年たった。

今、北尾実加は二十七歳である。

「——ここか」

大分探し回ったが、何とか見付けた。

父のいる病室を前に、一旦《いったん》、呼吸を整えなければならなかった。

もちろん、この十年、ずっと父と会わなかったわけではない。どうしても必要なときには、会いに行っている。

しかし、用件がすめば、たとえ父が、

「どうしてるんだ、今？」

と訊いて来ても、

「急ぐの」

と切り上げて帰って来た。

たぶん——実加にも、その時間の感覚が欠けていたが——ここ三年ほどは父と会っていないだろう。高校を出て就職した今の会社で、それなりに慣れた中堅社員として、日々が回り始めたからでもあった。

病室の戸を静かに開ける。

左右に二つずつのベッド。それを囲むようにカーテンが引かれている。

まだ時間が早いので、カーテンは半分開いていて、比較的若い男性が、手前の左右二つのベッドで寝ていた。

奥のベッドの一方だけが、カーテンをきっちりと閉めている。どうやらそれが父、北尾雄一のベッドらしい。

カーテンの前に立つと、実加は少し大きめに咳払《せきばら》いした。

少しして、中から、

「祐子か？」

と、かすれた声がした。

間違えたかしら、と思った。記憶の中の父の声とはずいぶん違う。

しかし、そんなわけはない。

実加はカーテンを静かに開けた。

「何だ……」

「祐子さんから聞いた」

と、実加は言った。

「そうか」

顔を見たら何と言おうか、と考えていた。しかし、当り前の言葉しか出て来ない。

「どう？」

と、短く訊くと、

「ああ、のんびりしてるよ。こうしていると、一日が長い」

――これが本当に父だろうか？

実加は、そこに横たわっている人を、しばらく眺めていた。

そして、父に「死」が迫っていることを直感した。

「手術とか？」

と、実加は言った。

「去年な」

と、北尾雄一は小さく肯いた。「しかし、今さらもう……」

実加はベッドの傍の椅子《いす》に腰をかけた。

「――元気か」

病人に訊かれるのは妙な感じだった。

「何とかね」

「祐子が何か言ったか」

「何も。ただ、お父さんがここに入院してるってことだけ」

「そうか」

「何か……私に話があるの？」

そう訊くのは残酷だったかもしれない。先が長くないことは分っているのに。

「実は……」

と、雄一は実加をじっと見て、「祐子と正式に結婚したいと思ってる」

「──そう」

雄一と祐子の間に生まれた女の子は、認知されている。しかし、そのことが母の死の引き金になってしまったことで、雄一と祐子はまだ入籍していなかった。

「どうだろう」

と、雄一は言った。

「私に訊かないでよ。私が決めることじゃないでしょ」

「それはそうだが……。祐子はお前の気持を──」

「もう十年もたったのよ」

もう十年。まだ十年。——どっちとも言える。

正直なところ、実加には、そんなこと、どうでも良かった。大切なのは母との思い出で、それは実加だけのものだったから。

この十年、実加は心の中から父を締め出して来た。実際、父に頼らずに生きて来たのだし。

「十歳になったのね」

と、実加は言った。「名前、何ていうの？」

「言わなかったか」

「聞いてない」

「ちょっと古めかしい名だ。幸世《さちよ》。『幸い』と『世の中』の『世』だ」

と、雄一は言った。

4　夜

「妹、か……」

と、実加は呟《つぶや》いた。

「――どうしたって？」

トンカツをせっせと食べていたさつきが顔を上げた。いつもの通り、少しタイミングが遅れている。

「え？」

「今何か言ったんじゃない？」

「ああ……。何でもない」

と、実加は首を振った。「これ、少し食べて」

実加は自分の定食のカツを三分の一つまんで彼女の皿へ移した。

「食べないの？」

「私、もう沢山」

実加はさつきの皿がほとんど空になっているのを見て、「よく入るわね」

と言った。

これもいつものやりとりだ。

「何だか、ずいぶん考え込んでるね。今日の実加さん」

「そう？」

「また夢見てる？」

実加はちょっと笑って、

「もうそんな年齢じゃないよ」

「そんなことないでしょ。実加さんはいつも『夢みる乙女』」

「こら！　先輩をからかうのか」

と、実加はにらんでやった。「部屋を空けてやらないぞ」

「あ、ごめんなさい！」

――川辺《かわべ》さつきは、実加の一年下。高校の後輩だった。

高卒で今の会社に就職した実加と違って大学まで行って、今はＯＬ四年目。

社会人としても、実加の方がずっと先輩ということになる。

就職説明会でバッタリ出会い、それ以来親しくして来た。

そして、両親が離婚したのをきっかけに、さつきは独り暮しを始めることになったのだが――。

「二、三日、置いて下さい！」

と、荷物をさげて、実加のアパートへやって来て、そのまま居ついてしまった。

大柄で、さっぱりした性格のさつきは、一緒にいて疲れない相手だったし、二人で部屋を借りれば家賃が安く上がる。というわけで、今、二人は二間のアパートに同居していた。

二人でときどき入る定食屋。さつきは体の大きい分、よく食べる。

「――ああ、おいしかった！」

さつきはみごとに皿を空にしてしまうと、お茶をガブ飲みして、「お茶、下さい！」

と、店内に響き渡る声を出した。

「――何かいいこと、あったの？」

と、実加は訊いた。

「え、よく分るね」

「あんたは分りやすいもの。食べる勢いに出る」

「そうかなあ……」

と、さつきは首をかしげて、「でも、もしかすると……」

「何？」

「来週、例のスポーツクラブの人と会うんだ。やる気あるか、って訊かれてる」

「じゃあ、インストラクター？」

川辺さつきは、高校のころから体操部にいて、運動が得意だ。スポーツクラブでトレーナーやインストラクターの仕事をするのが目標なのである。

およそスポーツと名のつくものは苦手な実加とは対照的。

「でも、すぐインストラクターになれるの？」

「まさか！　ちゃんと学校に通って資格取らないと」

「そうでしょうね」

「そうなったら、親父《おやじ》にお金出させてやる！　私のこと、心配してるから」

「いいわね。すねをかじるお父さんがいて」

と、実加は言った。

「あ、ごめん」

さつきのケータイが鳴って、あわてて表へ出て行く。店の中は騒がしいのだ。

夜、九時過ぎ。――この時間にさつきにかけてくるのは、目下の彼氏だろう、と見当がついた。

何やらスポーツをやっていて、がっしりした、肩幅が広く、胸板の厚い男性だ。実加も会ったことがあるが、何だか一緒にいるとこっちも汗をかきそうになる。

戻って来たさつきが、

「ごめん！　今夜、ちょっと……外泊する」

「はいはい。明日の朝はどうするの？」

「たぶん……直接出勤かな」

「じゃ、一旦アパートに戻らないとね」

実加は財布を取り出した。

さつきが早々に着替えを持って、彼氏との待ち合せ場所へと出かけて行くと、アパートの部屋は急に静かになる。

さつきがいてくれて、話し相手がいるのはありがたいが、実加のように、一人でいる時間を大切にするタイプにとっては、少々わずらわしいこともある。

他人同士だ。仕方ない。

それに、たぶん……今の様子では、さつきは近々その「厚い胸板」の彼氏と暮すことになりそうだった。そうなれば、実加はまた一人になる。

「お風呂《ふろ》……」

あまり遅く入ると、他の部屋から苦情が来る。

お湯を入れて、布団《ふとん》を敷くと、手早く明日着て行くものを揃える。

朝、迷っている余裕がないこともあるからだ。

実加は、タンスの上の写真を眺めた。

「お姉ちゃん……。お姉ちゃんが勤めてたら、今ごろニューヨーク辺りでバリバリ働いてたかしらね」

姉の千津子の写真は、しかし高校二年で止ったままだ。

お風呂のお湯を止めて、服を脱ぎかけたところで、玄関のチャイムが鳴った。

こんな時間に……。誰だろう？

玄関へ出て行って、

「どなたですか？」

と、声をかける。

返事がない。——用心しなくては。

チェーンをかけて、もう一度、

「どなた？」

と、実加は言った。

「あの……」

遠慮がちな声が聞こえた。女の子？

そっとドアを開けると、チェーンをかけた分だけの隙間《すきま》から、少しヒョロリと細い体つきの女の子が見えた。

「あの……何かご用？」

と訊くと、女の子は思い切ったように実加を見つめて、

「私……内田幸世です」

と言った。

「もしもし、祐子さんですか？　実加です。――今、娘さんが私のアパートに」

「まあ……」

祐子の声が震えた。「良かった！　どこへ行ったのかと……」

「私、今日父の病院に寄ったんですけど、そのとき私を見ていて、後をつけて来たみたいです」

と、実加は言った。「びっくりしました。迎えに来て下さい」

「はい、すぐに！」

実加がアパートの場所を説明すると、内田祐子は、すぐに切った。

「でも、どうして……」

実加は、ＴＶの前に座っている幸世を見て、

「どうしてこんな所まで来たの？」

と訊いた。

幸世は何も言わずに、実加がグラスに入れたオレンジジュースを少しずつ飲んでいた。

十歳ということは小学四、五年生くらいか。

背丈は、中学生かと思うほど高く、着ているセーターが少し小さく見えた。

「お父さんのお見舞に行ったの？」

と、実加が訊くと、幸世は小さく肯《うなず》いた。

「そう……。今、四年生？」

「うん」

「やっと返事してくれた」

と、実加は微笑《ほほえ》んだ。「今、お母さんが迎えに来てくれるから」

実加がそう言うと、幸世は真直《まっす》ぐに目を向けて、

「お母さん、病気なの」

と言った。

「え？」

実加は戸惑って、「病気なのはお父さんでしょ？」

「お母さんも」

「祐子さんも？　お父さん、そんなこと言ってなかったけど」

「内緒にしてるの」

と、幸世は言った。「でも、私、知ってる」

悲しげな目だった。精一杯、耐えている目をしていた。

「そう……」

と、実加が肯くと、

「知らないことにしてね！　お母さんの病気のこと」

「ええ……。分ったわ」

この子はそれを言いに来たのだろうか。――それだけではないという気がした。

十歳の少女は、何かこみ上げるものを必死でこらえているようだった。

実加は思い付いて、

「お母さん、ここに来るのに少し時間かかるわよね」

と言った。「お腹空《なかす》いてるでしょ？　何か食べる？」

幸世は何も言わなかったが、食べたいと思っているのは伝わって来た。

「カレーがある。カレー、好き？」

幸世が黙って肯く。

実加は川辺さつきと夕飯を食べているが、幸世はたぶん店の外にいて、待っていたのだろう。

「ご飯、あたためればいいし。カレーはレトルト。でも、おいしいよ」

実加はレトルトのカレーの袋を二つ出して、

「ビーフとチキン。どっちがいい？」

と、幸世に見せた。

幸世はちょっと考えていたが、

「――おばちゃんが食べない方でいい」

実加はややあって、

「いいのよ、好きな方を言って。お姉ちゃんはどっちも好きだから」

「じゃあ……チキン！」

「はいはい」

実加は冷凍しておいたご飯を取り出して、電子レンジで温めた……。

と　う　も　い

ちょうど幸世がチキンカレーを食べ終ったところへ、祐子がやって来た。

「――申し訳ありません！」

と、何度も頭を下げて、「幸世ちゃん、心配したわよ」

「ごめん」

と、幸世はアッサリ言って、「カレー、おいしかった」

「まあ、すみません」

「いえ、簡単なことですから」

と、実加は言った。「父に会って来ました」

「早速にどうも……」

しかし、詳しい話はできなかった。幸世はもう十歳だ。大人の話もかなり分っているだろう。

「では、連れて帰りますので……。幸世ちゃん、行くわよ」

「うん」

「あの……お礼に改めて……」

「いいんです、そんなこと」

幸世の言っていたことが、気になっていた。――祐子も病気だという。

おそらく父は知らない。実加は、そういう目で見るせいか、祐子の顔色が悪いような気がした。

「では……」

と、祐子が玄関へ行きかけると、幸世が、

「おトイレ」

と言った。

「あら……。我慢できないの？」

「いいですよ、トイレぐらい。そこよ。分るでしょ？」

「うん」

「明り、そのスイッチね」

幸世がトイレに入ると、

「あの……」

と、祐子がためらいがちに、「お父様は何か……」

「ええ。でも、今は……」

ゆっくり話す時間はない。実加は、

「とてもしっかりしてますね、幸世ちゃん」

と言った。

「そうでしょうか」

祐子は恥ずかしそうに微笑んだ。実加が幸世のことを話してくれたことが嬉しいようだった。

水の流れる音がして、幸世がトイレから出て来た。

「お手々、洗った？　タオル、使っていいのよ」

「うん、ちゃんと洗った」

幸世は、ちょっと口を尖《とが》らして、子供扱いしないでよ、と言ってるようだった。もう十歳なのだ。実加はつい笑ってしまいそうになった。幼稚園にでも行っている子のような気がしてしまうのだ。

すると、祐子が少し口ごもって、

「あの……すみませんけど、私もお借りしていいでしょうか」

「ええ、もちろん」

祐子がトイレに入ると、幸世が、

「お母さん、いつもお腹が痛いって言ってる」

と言った。

「そうなの？　よくトイレに行く？」

「うん」

――父が入院して、先が長くないと言われているのだ。胃を悪くするくらいのことはあるだろう。

祐子がハンカチで手を拭《ふ》きながら出て来て、

「申し訳ありません」

「いえ。――祐子さん」

「はい」

「今度、お話ししたいと思いますけど。お時間があれば」

「はい、もちろんです」

「ご連絡します」

「いつでも。お待ちしています」

幸世の手を取って、玄関でもう一度頭を下げる。

幸世が、

「ごちそうさま」

と言った。

「どういたしまして」

「お姉ちゃん、また来てもいい？」

実加はつい笑ってしまった。

「いいわよ。でも、ちゃんとお母さんに言ってからね」

「うん。――さよなら」

「はい。気を付けてね」

二人が階段を下りて行くのを見送って、実加はドアを閉めた。

このアパートは〈緑風荘〉という二階建の造りで、まだそう古くない。実加が、この二階の202号室を借りて、二年になる。

「――あ、お風呂」

思いがけない来客のせいで、お風呂に入るのが遅れた。――バスタブに手を入れると、ずいぶんぬるくなってしまっていた。

仕方なく、シャワーで済ませることにする。出たら早々に寝よう。

――体が冷えない内に布団へ潜り込んで、実加は暗い天井を見つめた。

あの幸世が生まれたことが、母の死を招いたのだが、あの子の責任というわけではない。

むしろ、同じ父の子が突然現われたことがふしぎに感じられた。

何も訊かなかったが、どうやって生活しているのだろう？　父、北尾雄一が札幌から東京へ戻ったのは、母の死の二年後だった。再び本社勤務になったわけだが、入院している今、すでに定年にもなっているはずだし、父に年金などの他、収入はないだろう。

祐子が働いていることは聞いていた。とはいえ、一年ごとの契約社員ということで、身分は不安定だろう。多少体調が悪くても、病院へ行く余裕がないかもしれない。あの幸世が、「お母さんも病気」と言っていたのは……。実加にそのことを伝えて、助けてほしいという気持だったのだろうか。

暗がりの中で、実加はじっと自分を見つめていた幸世の眼差《まなざ》しの意味が分ったような気がした。

もちろん——実加が祐子の体のことを気にかける必要はない。向うには向うの生活があり、実加には実加の暮しがある。

でも、幸世にしてみれば、同じお父さんの子である実加に頼るしかなかったのだろう。

私だって……。私だって、大変なのよ。自分一人、生きて行くだけで、精一杯なんだから……。

そう考えながら、実加はいつの間にか眠りに落ちていた。

夢に幸世が出て来て、実加に、

「おばちゃん」

と、手を振って笑っていた……。

5 支え

その週末も、実加は一人で過すことになった。

川辺さつきは、「胸板の厚い」彼と一泊旅行に出かけて行った。

ちょうどいい。お掃除しましょ。——気持よく起きて布団をしまう。

残業して遅くなったとき以外は、ザッと掃除機をかけているが、やはり隅々までていねいに、と思うと、休みの日しかない。

布団で寝ているので、どうしても埃《ほこり》はたまる。幸い、秋晴れの一日である。風もない。

「洗濯機、先に回しとこう」

さつきの分も一緒に、洗濯機へ入れてスイッチを押す。

そのモーターの音で聞こえなかったのか、気が付くと、玄関のチャイムが鳴っている。

それも、かなり苛立《いらだ》っている様子で、チャイムが壊れそうな勢いだ。――誰だろう？

「はい！　ちょっと待って！」

実加は濡《ぬ》れた手をタオルで拭くと、急いで玄関へと出て行った。

「どなた――」

と、ドアを少し開けたとたん、実加は押し入るように入って来た女性にぶつかられて、上り口に尻《しり》もちをついてしまった。

「何ですか！」

びっくりして言うと、

「主人はどこ！」

と、尖った声が言った。

「――え？」

やっと立ち上った実加は、たぶん同じくらいの年齢の女性を面食らいながら眺めて、

「どなたですか？」

と訊いた。

「とぼけないでよ！　ここにいるのは分ってるんだから！」

これって……。よくドラマで見る場面だが、目をつり上げて怒っているのが、ふっくらと真ん丸な顔の女性なので、あまり切羽詰った感じがしない。

「あの、部屋を間違えてません？」

と、実加は言った。「この部屋に男の方はいませんけど」

「そんなわけないでしょ！」

がっしりした体つきで、声が大きい。

「そんなに大声出されると、ご近所がびっくりしますから――」

と、あわてて言うと、

「私は白倉《しらくら》の妻よ。主人が来てるでしょ！」

「白倉さん？　私、ちっとも……」

相手の女性は、やや冷静になって実加を見直すと、

「あんた、スポーツやりそうもないわね」

と言った。

確かにそうだが、人から言われる筋合いのことでもない。――そう思ったとたん、実加は状況を悟った。

スポーツ。それではあの「胸板の厚い」男の……。

「もしかして、川辺さつきにご用ですか？」

「そうよ。――あんたは？」

「この部屋で一緒に暮してる者です」

さつきったら！

あの「胸板の厚い」彼氏に妻がいたとは。

「じゃあ、表札の名前は――」

「私になってます。北尾といいますけど」

「そう。――ごめんなさい、大声出して」

と、急速にしぼんだ風船みたいに、うつむいてしまう。

「あの……どうぞ。よろしかったら、お茶でも」

冷静になるのに、少し時間がいるだろう。

白倉紀子《のりこ》というのが、その女性の名だった。

「――何もなくて」

日本茶と、少し残っていたクッキーを出すと、白倉紀子はお茶を一気に飲み干し、クッキーをつまんだ。

「ご主人は、とても体格のいい……」

「ええ。スポーツジムでインストラクターをしています」

「はあ。川辺さつきも確か、インストラクターを目指して……」

「主人が指導してたんです。私には、仕事が忙しいとか、地方のジムに教えに行くんだとか言って」

「そうですか。私、ご主人に一度お会いしたことが……。でも、さつきは……知ってるんでしょうか。その……」

「三つになる男の子もいるんです。分らないわけがないでしょ！」

「そうおっしゃられても……」

実加はさつきを長いこと知っているが、あの舞い上りようは、どう見ても「結婚できる」と思っているとしか……。

「どこへ行ってるか、ご存知？」

「行先ですか？　いえ、聞いていません。一泊で旅行する、としか」

と、実加は言った。「ケータイに連絡することはできると思いますが」

「いえ、何も言わないで。警戒されたくないから」

「でも――お子さんもいらっしゃるんですから、あまり荒っぽいことになると……」

「ええ」

白倉紀子は肯くと、「これが初めてってわけじゃないんです」

と、ひとり言のように呟いた。

確かに、男くさいというか、実加のタイプではないが、ああいう男に憧《あこが》れる女性がいることは理解できる。

「私が知ってるだけでも二人。――ジムに通って来てる、四十代の奥さんでした」

「はあ……」

「一郎を出産して、子育てに大変だったし。私は目をつぶっていました。でも今度は……。川辺さんって、二十五、六でしょ？」

「二十六です。高校で、私の一年後輩でした」

「しかも独身で。あの人、本気になってるかもしれないと思うと……。今日、ジムの人からの電話で、仕事で出張と言っていたのが嘘だと分って、じっとしていられなかったんです」

「このアパートをご存知だったんですか？」

と　う　も　い

「ここの住所を書いたメモが、屑《くず》カゴに捨ててあったんです。手紙とかファックスとか、何か証拠になるものを見付けようと思って、探していたので」

「そうですか。――私は知りませんでしたが、さっきがご迷惑かけて申し訳ありません」

別に謝らなくても、と思うのだが、今は目の前の女性に、少しでも冷静になってほしかった。

「いえ、私の方こそ。――突然で、ごめんなさい」

二杯目のお茶を飲んで、白倉紀子は立ち上った。

一瞬ふらつくのを見て、実加はあわてて、

「大丈夫ですか？」

と、支えようとした。

「平気です。――すみません、ちょっと……ショックで」

「分ります」

「では……どうもお邪魔しました」

力なく頭を下げて、出て行く。

怒鳴り込んで来たときの勢いはすっかり消えて、それはそれで同情したくなる姿だった……。

さつきに連絡したものかどうか、迷ったが、どうせ、明日日曜日には帰って来るのだ。

その彼氏と、どうなっているのか、実加も知らないのだし、口を出すのはやめておこうと思った。実加はさつきの母親でも、姉でもない。

予定外の「来客」で、掃除しようと張り切っていた気持が何だか失速状態になってしまった。

「出かけようかな」

あてもなかったが、外出したい気持になった。ついでに、どこかで夕飯を食べて来よう。

――買物して気晴らしをするというのは実加の趣味ではなかったが、今日は都心のデパートへやって来た。

使っているバスタオルが、いい加減古くなって、ただの布に近くなっていたので、買おうと思い付いた。

売場に行くと、ちょうど〈タイムサービス〉で、ワゴンに山積みされたタオルが、

〈三枚千円!〉。

「やった!」

ワゴンには、凄《すご》い迫力のおばさんたちが群がっていたが、実加は隙間から手を入れて、バスタオルと普通のタオルをつかみ出した。

「それ、私が欲しかったのよ!」

と、そばにいた女性が言った。

「すみません」

と、つい謝ったが——。

その女性がふき出したのだ。

「そんな弱気で、よく生きてるね、実加!」

「え?」

あんまり近過ぎて、顔が分らなかったので、少し離れると、実加は啞《あ》然《ぜん》とした。

「マコ!」

「まさか、デパートの特売で実加に会うとは思わなかった」

長谷部真子だった。——こんな所で!

「でも、マコ……」

と言いかけて、「あ——。このタオル、買って来る。待っててくれる？」

「私も行くわよ」

と、真子は手にしたタオルを見せた。

二人は笑って、レジへと向った。

奇跡的に席が空いて、ほとんど待たずに入ったティールームで、やっと二人は落ちついた。

「——びっくりしたね、本当に」

と、真子は言った。

「こっちだって」

実加にはびっくりする理由があった。

真子は二年前に結婚して、大阪に行ったのだ。今は——何だっけ？

「〈竜崎《りゅうざき》〉だったよね、今」

と、実加は何とか思い出して言った。

真子が大学を出て勤めた会社の取引先の男性だった。もともと大阪の古い問屋の息子で、真子の二つ年上。

真子としては、二十五で結婚というのは早過ぎると思っていたのだが、相手が「大阪へ帰って家業を継がなきゃいけない」というので、結婚に踏み切った。

「――式に出られなくてごめんね」

と、実加は言った。

後輩を指導する立場になっていた実加は、大切な研修に参加しなければならず、大阪での真子の結婚式に出席できなかったのである。

「もう二年か……。早いね」

と、実加は言ったが、真子がなぜか黙々とアイスティーを飲んでいるのが少しふしぎで、

「里帰り？」

と訊《き》いた。

真子はホッと息を吐いて、

「別れた」

「――え？」

「離婚して帰って来た。三か月前」

実加はしばし言葉を失った。

「実加には知らせようと思ってたんだけどさ。どう話していいか、ああでもない、こうでもない、って考えてる内……。今日会えたのは運命だね」

明るい……。実加は真子が少しも変っていないのでホッとしたが、それにしても……。

「やっぱり……向うのご実家が古いの？」

と訊くと、真子はあっさりと、

「結局ね。――でも、彼は散々約束してくれてたんだよ。ちゃんと親とは別に、家かマンションを買って暮すって。親も納得してるから、って。ところが……」

真子は肩をすくめた。「――結婚してしまえばこっちのもの。よくある話だけど、こんなに分りやすい奴《やつ》がいるか、って感じだったの」

「そうだったの……」

「でも、我慢したのよ、一年半。その内、彼も、『いいマンションがあれば移ろう』って言って、二人で休みの度にあちこち探した」

「それで……」

「だけど、私が『ここ、いいじゃない』って言うと、『建物が古い』とか、『管理が良くない』とか文句つけて……。三回、四回と重なると、さすがにね。しまいには、

『方角が悪い』とか言い出して。こいつ、探す気ないな、って思った」

「ふうん……」

「で、夜中、夕飯がやたら辛《から》かったんで、喉《のど》が渇いて目が覚めてさ。水飲もうと思って台所に下りてったら、茶の間で彼と母親が話してて。『いつまであんなことやってるの？』って母親が言ったら、彼が、『その内諦《あきら》めるよ。子供ができれば……』って」

実加は、真子の声が一瞬震えるのを聞き取っていた。

「翌日は法事だったんだけど、私、熱があるって言って残ったの。家中で出かけて、店も閉めてたから、私、〈諦めない！〉って手紙置いて、東京に帰っちゃった」

「やるわね……」

「向うも、こんな嫁はごめん、ってことだったんでしょ。後は離婚届を郵送して終り。お金、一円ももらわなかったから、簡単だったわよ」

「──お疲れさま」

実加はやっと言った。

「焦《あせ》って結婚するもんじゃないわよ、実加も」

「私、全然そんな話ないもの」

「男なんて、母親の前じゃだらしないんだから！」

——そんなつもりじゃなかったのだが、実加はこのティールームで約三時間、真子の体験談を聞かされることになった。

ついには夕方になって、

「夕ご飯食べて行こうよ」

ということになったのである……。

離婚して、傷つき、くたびれ切って帰って来た娘には、何でも好きなようにさせてやろう。——真子の母親がそう考えたのは当然だった。

真子の父親は早くに亡《な》くなっていて、母親は奮起して事業を始め、成功した。

今や社員百人の企業のオーナー社長である。

「いいのよ、遠慮しないで。どうせ母のカードで払うんだから」

実加など、足も向けられない高級レストラン。真子におごってもらうことになって、一食分浮いた、と思う実加だった。

「十一月にね、ヨーロッパ旅行するの。母と二人で。私の心の傷をいやす旅ね。実加、一緒に行かない？」

「そんなことできないよ」

実加は笑ってしまった。

ただ――冗談めかしてはいても、真子も傷ついているはずだ。実加はレストランでも真子の話にずっと耳を傾けていた。

デザートになって、やっと、

「で、実加はどうしてるの、今?」

と訊かれた。

川辺さつきと暮していると話すと、真子はびっくりして、

「さつきなら私も知ってるけど……。あんな、にぎやかなのとよく一緒にいられるね」

「うん……。それがねえ……」

何という日だろう。

夫を盗《と》られた、と怒鳴り込んで来た妻。離婚して東京に戻って来た親友。

こんな日もあるんだ……。

私も……。内田祐子に会うことにしていながら、つい連絡しそびれている。

コーヒーを飲みながら、我が身の平穏を感謝している実加だったが……。

席を立った実加は、レストランの入口辺りまで出て、内田祐子に電話した。

後回しにしちゃいけない。——この日、そんな気持にさせられている実加だった。

実加は、内田祐子のケータイにかけたが、なかなか相手が出ない。

仕事中なのだろうか。またかけ直そうと思っていると、

「もしもし」

と、向うが出た。

しかし——何だか声がずいぶん若い。内田祐子ではないようだ。

「あの、内田祐子さんは……」

と言いかけると、

「どなた？」

と、女性の声が、「ご家族ですか？」

「いえ、知り合いですが……」

「こちらM病院です」

「は……」

「救急車で運ばれて来たんです」

「え？」

実加はびっくりした。まさかそんなこととは——。

「こちらへおいでいただけます？」

事務的な口調だが、いかにもプロという印象だ。看護師なのだろうか。

「あの……」

迷ったものの、放ってはおけない。「分りました」

病院の場所を訊く。——仕事でときどき行く辺りなので、すぐに分った。

「では、伺います」

「よろしく」

——実加は息をついた。

何て長い一日だろう！

「マコに言わなきゃ」

席に戻って、真子に説明すると、

「実加ったら……。相変らずね」

と、真子は呆《あき》れている。「お父さんの彼女なんでしょ？　放っとけば？」

「そうもいかない。色々あるの」

と、実加は言った。「ごめんね、ゆっくりできなくて」

別に皮肉で言ったわけではないのだが、真子の方がふき出してしまった。

「こっちこそ！　実加の話を全然聞かなかったね！　ま、散々たまってたの。許してね」

「そんなこと――」

「もう行って。今度、実加の方の話をゆっくり聞くからね」

「そんな……。大したことないわよ、私の方は」

とは言ったが、「まあ――今日に限れば色々あったけど」

こんな日はめったにないだろう。

ともかく、真子にごちそうになって、実加は一足先にレストランを出たのだった。

あの人かな、と実加は思った。

ナースステーションで、看護師と話している白衣の女性がいた。その様子が、電話で聞いた声の感じとぴったりだ。

「あの……」

と、実加が言いかけると、すぐに振り向いて、

「北尾さんですか？」

「はい。内田祐子さんのことで……」

「先ほどは失礼しました」

と、実加の方へやって来ると、「内田さんは今、点滴しています」

「そうですか……」

どう言ったものか、実加としても迷うところだ。内田祐子に、どういう親族がいるのかもよく知らない。

「こちらへ」

と促されて、「──私、消化器外科の近藤《こんどう》といいます」

「はあ」

名刺をもらって、実加も一応自分の名刺を渡した。

「あの──内田さんの具合は……」

「貧血を起して倒れたんです。昼夜、働いてらっしゃるようですね。過労でしょうが、胃か腸で出血している可能性があります」

「そうですか」

「診たところでは、はっきりしたことは申し上げられませんが、胃に何か……。もしかすると良くないものがあるかもしれません」

「トイレは近いようです」

「一度、内視鏡の検査を受けていただいた方がいいと思います。直接見ればすぐに分りますし」

「そうですか」

「手術が必要だとしたら、早い方がいいと思いますので」

「あの――当人はそのことを？」

「まだお話ししていません。ウトウトしてらっしゃるので」

と、近藤歩《あゆみ》という女医は言った。「結婚してらっしゃるんですか？」

「いえ……。あの……子供さんが一人。今、十歳の女の子で」

「二人で暮してらっしゃるんですか？」

「子供の父親は入院しているんです。お茶の水のN大病院に」

「そうですか……。では、内田さんのことは……」

「父は――。あ、その人、私の父なんですけど、あまり具合良くないので、どうしたものか……」

事情があることは察したらしい。近藤歩は、

「あと三十分ほどで点滴が終ります。お帰りになれると思いますよ」

「分りました」

廊下の奥の休憩所で、待つことにした。

――病人というのは重なるものだ。

一人の病いが他の人へのストレスになり、無理することにつながる。

「あ……」

あの子。――幸世には連絡したのだろうか？

実加が祐子のケータイにかけたときは、近藤医師が出たのだが、その後、ケータイは祐子に返したということだ。祐子が家へ連絡したかどうか……。

二十分ほどすると、廊下に内田祐子がゆっくりした足取りで出て来た。実加が立ち上ると、祐子は深々と頭を下げた。

「――申し訳ありません、わざわざ」

と、点滴の針のあとを押えながら、「ちょっとフラフラして、倒れてしまったので、職場の人があわてて一一九番してしまって……」

「幸世ちゃんには……」

「夜、仕事のある日は、いつも遅くなるので、大丈夫です。本当に……」

「送りますよ。私も別に急がないので」

「でも、そんな……」

「もう少し休んでいた方が――」

と、実加は言ったが、祐子はじきに仕度をして出て来た。

バスで三十分ほどというので、実加も一緒に行くことにした。

空いていて、並んで座れた。

「あのお医者さんから、話はありました？」

と、実加は訊いた。

「ええ。でも、もうずっとお腹の調子は良くないので、今さら。ご心配いただいてすみません」

と、早口に言って、「今夜のこと、幸世には黙っていて下さいませんか」

「祐子さん。幸世ちゃんはあなたが病気だと心配してるんですよ」

実加の言葉に、祐子は絶句した。

6　眠り

あまりに忙しかった土曜日のせいだろう。

翌日の日曜日、実加は昼過ぎまでぐっすり眠ってしまった。

「ああ……。もうこんな時間」

午後二時になろうとしていた。

顔を洗って、一息つくと、ケータイにメールが入っているのに気付いた。

〈今日、夕飯まで食べてから帰る。さつき〉

夕食の心配はいらない、ということだが、相手の白倉という男の妻のことを、何も知らないらしい、と実加は思った。

メールが来たのは、お昼十二時ごろ。

「やれやれ……」

白倉が帰宅すれば、当然あの妻の紀子との修羅場が待っているだろう。

さつきの受けるショックを少しでもやわらげるために、前もって知らせておこうかとも思ったが、そこまで係り合うべきじゃないという気もした。

それにしても——真子の夫だった男性といい、さつきの相手といい、どうしてこうも無責任な男が多いのだろう。

「ま、恋愛問題に口出す資格、ないかな」

と、ちょっと自分をからかってみる。

洗濯機を回していると、ケータイに真子からかかって来た。

「——どうなったの、ゆうべ？」

内田祐子のことを気にしているのだ。

実加が簡単に説明すると、

「今、出先なの。実加んとこ近いから、どこかでお茶しない？」

と言われて、外出する気になった。

アパートの近くの喫茶店は、最近みんなチェーン店になって、どこも同じだ。歩いて五分ほどのケーキ屋で待ち合せることにした。狭いがお茶のできるスペースがある。

実加が着くと、もう真子は先に座って紅茶を飲んでいた。

「ケーキ取らなきゃ悪いよね」

何しろケーキ屋さんなのだから。二人で好みのケーキを選んだ。

「あんまり気をつかわないで」

と言ってから、実加は、「これって、マコのセリフだったか」

「当ってる。傷心の出戻り娘に向って、それはないでしょ」

二人は一緒に笑った。

「——でも、本当に私の毎日は平凡だから」

と、実加は言って、「昨日を除けばね」

と付け加えた。

「実加、彼氏いないの？　十年も働いてるのに？」

「今の会社、大きくないからね。男性との出会いもなくて」

「以前さ、あの人と会った、とか言ってなかった？　何だっけ。ほら、千津子ちゃんが好きだったって、〈第九〉の会場で……」

「神永《かみなが》さんね。神永智也《ともや》」

「そうそう！　九州で学校の先生してたのが、東京でひょっこり……」

亡くなった姉、千津子が、暮れの〈第九〉のコンサートで出会ったのが、大学生だった神永智也だ。

大学を出て、小学校の教員として、九州へ行った。何度か手紙をもらったりしたが、向うも忙しいだろうし、実加も返事を書く時間がなかった。

その内、やり取りも途絶えていたのだ。

半ば忘れかけていた神永と、銀座のデパートでバッタリ会ったのは、三年ほど前のことだ。

休日のデパートの食堂。

三十分以上待って、実加はやっと入れた。それも一人だったので、カウンターの空いた席に入れてくれたのだ。

実加より先に並んでいた四人家族は、まだ待たされていた。

普段なら、実加もこんなに待つより、何かお弁当でも買って帰るところだが、その日はともかくたびれていて、動く気になれなかったのだ。

注文を取りに来るのにも十分以上かかった。

「A定食を」

一番早くできそうな気がして頼んだが、本当にそうなのかどうか。

「ああ……」

つい、ため息が出る。新しく任された仕事に、なかなか慣れないので、疲れていた。

ふと気が付くと、二、三歳の男の子が、実加のそばに来て、じっと見上げている。

目の大きな可愛《かわい》い子で、実加はつい笑顔で、

「こんにちは」

と言っていた。「ママと一緒？」

「ごめんなさい」

と　う　も　い

と、追いかけて来た母親が、「だめよ、歩き回っちゃ」

と、男の子の手を引いて、テーブルの間をすり抜けて行く。

ずいぶん若い母親だ、と実加は思った。

テーブルに戻ると、

「ちゃんと見ててくれなきゃ」

と、父親らしい男性に言っている。

「グラタンを冷《さ》まそうとしてたんだ……」

半ば背を向けているその男性を、実加は何となく眺めていた。

「ちゃんと食べて。──ほら」

ママがスプーンを手に、子供に食べさせている間に、パパの方は自分のカレーを必死でかっ込んでいた。

大変ね、と実加は見ていて微笑《ほほえ》んだ。

子供の方は自分が親にどんなに手間と苦労をかけたか、すっかり忘れてしまうのだから……。

パパが、通りかかったウエイトレスに、

「空いた皿、下げて」

と、声をかけた。

実加の方に顔が向いた。——え？

「それと、お水をくれ」

と言っている声。

「まさか……」

でも、どう見てもあれは……。そこへ、

「お待たせしました」

確かにA定食は早く出て来た。

実加が食べ終えて早々に食堂を出ると、やっと食べ終ったあの三人連れも、ほぼ同時に出て来た。

「トイレに行ってくるわ」

と、ママが子供を抱いて言った。

「うん。ここで待ってる」

ベビーカーは荷物用になっていた。

実加はそっと寄って行って、

「神永さん……」

と言った。

少し間があって、

「——え?」

振り向いたものの、「ええと……」

「北尾実加です」

相手の顔に驚きの表情が浮かぶのに、しばらくかかった。

「ああ……。君か」

「ごぶさたして。東京にいらっしゃるんですか」

「うん。まあ……色々あってね。君は勤めてるの?」

「ええ、平凡なOLです。神永さん、先生なんでしょ?」

「今は……塾で教えてる」

「塾?」

「学習塾だよ。受験用のね」

「ああ、そうなんだ。今、近くで食べてたんです」

「そうか。よく分ったね」

確かに、神永は大分太ってもいたし、どこか昔の、ピンと背筋の伸びた感じがしない。

　実加はちょっとためらったが、バッグからカード入れに入っていた名刺を出して渡した。

「ありがとう」

　と、神永は言った。「もし機会があったら……」

「ええ」

　会釈《えしゃく》して、実加はその場を離れた。


「子持ちになってたのか」

　と、真子はフーンと肯《うなず》いて、「それで、その後会ったの？」

「一度だけね。神永さんの勧めてる学習塾の外で待ち合せて。――でも帰らなきゃいけないからって、三十分だけお茶して……」

「学校、辞めたの？」

「それが――奥さんがそのときまだ二十一だったの。子供が三歳前で。神永さん、小学校の家庭訪問に行った先で、高校生だったそこの姉娘と出会って……」

「一目惚《ぼ》れか。――でも、小学校の教師が教え子の姉妹の、それも高校生の女の子と付合うって、やっぱりまずくない？」

「小さな町でね。すぐ噂《うわさ》になって、結局神永さん、彼女が高校を卒業すると、駆け落ち同然に……」

「やったわね！」

と、真子が目を丸くしている。「それで、先生は辞めなきゃいけなかったわけね」

「つてを頼って、塾の講師になったそうよ。でも――何だか、張りを失ったみたいで、老《ふ》けて見えたわ」

「そんな小さい子がいちゃね」

「それに、あのとき奥さん、二人目がお腹《なか》にいたそうだから、今はもう……二歳ぐらいになってるんじゃない」

実加はケーキを食べて、「今のケーキって、甘くないのね。さっぱりしてていいけど」

と言った。

「――それで？」

「それで、って……何が？」

「神永さんと。それきり？」

「だって、会ってられないでしょ、奥さんも子供もいるのに」

「会う気、あったんだ」

「それは……お姉ちゃんのこととか、その後の話も聞いてほしかったけど……。でも、話したからって、どうなるもんでもないし。その内、忘れたわ」

「そうか。——ま、そんなことでトラブルになってもね」

——今も胸が痛む。

神永は、あの後、何度も実加に「会いたい」と言って来たのだ。

しかし、たまに電話で話すだけでも、神永が口にするのは、後悔とグチばかり。

若過ぎる奥さんが世間を知らないことを嘆いて、「馬鹿《ばか》なことをしたよ」という話になる。

だって、自分がそうする道を選んだんでしょ！　子供がやかましくて、授業の準備ができないって、あなたの子供でしょ！

そう言ってやりたかったが、黙っていた。

神永は実加という格好のグチの聞き手を見付けたのだ。

しかし——それも長くは続かなかった……。

パタリと連絡が途絶え、心配になった実加があの学習塾に行ってみると、神永は辞めてしまったということだった。

話してくれた事務の女性は、

「あなたも神永先生の彼女だったの？」

と訊いて来た。

「いいえ！　昔の知り合いで……」

と、実加が言うと、

「あの先生、ここの事務に来てたバイトの女の子に手出してね。ばれてクビになったの」

「そうなんですか……」

「若い奥さんがいるのよ、確か。――ここを辞めてどこに行ったか、聞いてない」

実加は礼を言って塾を出た……。

真子とは、その後、川辺さつきの話になったが、そう長く居座るわけにもいかず、

「私、買物して帰るから」

と言って、実加は別れた。

スーパーに寄って、夕飯のおかずを買う。

もともと器用でないところはいくつになっても変らず、料理も得意ではない。

さつきから夕飯はいらないと言って来たが、万が一……。

余分に冷凍もののおかずを買っておくことにした。

アパートへと向いながら、

「十年ね……」

と呟《つぶや》く。

人生が大きく変るのに充分な時間だ。

それも、神永のように「道を踏み外してしまう」こともある……。

新しい出発をして、妻子とどこかで幸せに暮していてほしい、と思った。同時に、そうなっている可能性は低いだろう、とも分っていた。

――アパートに戻った実加は、階段を上って、買物の袋を左手に持ちかえると、右手で玄関の鍵《かぎ》を開けた。

ドアを開けると――いやに大きな、男もののスニーカーが、片方が裏返って置かれていた。

そして、さつきの靴も。

「さつき……」

玄関を上ると、実加は足を止めて、立ちすくんだ。

畳に座布団《ざぶとん》を何枚か並べて、その上で二人が寝ていた。大柄な白倉に、さつきが寄り添うようにしていたが、当然座布団からははみ出していた。

ただ――実加が立ちすくんでいたのは、二人がほとんど裸だったからで……。

「さつき！」

と、大声で呼ぶと、さつきがハッと顔を上げ、

「あ、実加さん……」

と言ってから、「ごめん！　寝ちゃったんだ！」

と、あわてて起き上る。

「ちゃんと服着て！」

と、実加は言った。「少ししたら戻って来るから！」

実加は、それでも冷凍ものもあるので、買って来た品を冷蔵庫へ放り込むように入れて、

「――ね、起きてよ」

と、さつきが白倉を揺さぶっているのを後に、部屋を出た。

表の通りに出ると、大きく息をついて、

「呆れた！　もう……」

実加が出て来るときも、まだ白倉の方はぐっすり眠っていたのである。

7　ベンチ

行く所もなく、アパートの裏手にある小さな公園のベンチに腰をおろした。

子供を遊ばせているお母さんが二、三人で、おしゃべりしている。

実加はケータイを持っていたので、内田祐子にかけてみた。

「──実加さん。昨日はありがとうございました」

大分しっかりした声だ。

「具合、どうですか？」

と、実加は訊いた。

「幸世に叱《しか》られて、その方がこたえました」

と、祐子は笑いながら言った。

「心配なんですよ」

「そうですね……。明日、昨日の先生にお電話して相談してみようと思います」

「それがいいですね。検査して、早く状態が分った方が」

「ええ……。正直言いますと、怖いんです」

と、祐子は言った。「検査したら、きっと何か見付かると思って。でも、今はとてもそんなこと……」

「悪いことばっかり考えていたら、また幸世ちゃんに叱られますよ」

と、実加は言った。「父には何も？」

「とても言えません」

「それはあなたの決めることですから」

「結果を聞いてから、話します」

「そうですね……」

もし手術が必要ということになったら。それを考えて、祐子が父に切り出しにくい気持はよく分った。

「——それじゃ、幸世ちゃんによろしく」

と、実加は切ろうとしたが、

「お子さんの声がしてません？」

と、祐子は言った。

「ええ。外なんです。小さな公園で、ベンチにかけて休んでいます。砂場で子供さんたちが遊んでいるので」

「ああ、それで。——子供たちの声って、いいものですね」

と、祐子は言った。

——そうだろうか？

やかましいと思う人もいるだろう。人はさまざまだ。

しばらく、遊んでいる子供たちを眺めていたが、

「もういいわよね」

と立ち上って、腰を伸した。

アパートに戻ると、玄関は鍵がかかっていなかった。

「——さつき」

ドアを開けながら、声をかけたが……。

あの大きいスニーカーも、さつきの靴も失《な》くなっていた。

「出かけたの？」

上って、座布団がきちんと重ねてあるのを見た。——あの白倉を送って行ったのだろうか。

「本当にもう……」

と、グチが口をついて出る。

実加は何だか妙な気がした。

さつきの持っていた旅行用のバッグが見えない。さっきは確か部屋の隅に置いてあったのに。

実加は、台所の流しの脇《わき》に、折りたたんだ紙を見付けた。さつきの、とても上手《うま》いとは言いかねる字で、

〈実加さん、さっきはごめん。彼の奥さんがここに来たのね。帰りがけ、彼が奥さんに電話して、分ったの。もう会えないかも、と思って、ここで、ついあんなことになって。彼が、実加さんに謝っといてくれって。

でも、私たち、もう別れることなんかできないって話し合った。彼は家へ帰って、奥さんとちゃんと別れるって。私、夜、彼と待ち合せて、どこかで二人の暮しを始めるわ。

ごめんね、勝手ばっかり言って。必要なものだけ持って行く。他のものは、落ちついたら取りに来るから。それまで置いといてね。さつき〉

——実加はその手紙を手に、座り込んでしまった。

「さつき……。何考えてるの……」

　奥さんとちゃんと別れる？

　子供までいる男が、そう簡単に家庭を捨てるわけがない。そんなことも分らないの？

　さつきに押し切られるように、そんな話になったのだろうが、家へ帰れば、男も頭を冷やして、今の生活の方を選び取る。

　色恋に詳しいわけではない実加だって、それぐらいのことは分る。

　さつきのケータイへかけてみたが、電源が切られていた。

　きっと、さつきは待ち合せた場所で、待ちぼうけを食うことになるだろう。

　そうなれば、ここへ帰って来る。

「しょうがない奴！」

と、思わず手紙を投げ出して、「夕飯は二人分こしらえとかないとね……」

と呟く実加だった……。

　八時過ぎまで待っていたが、さつきは帰って来ない。諦めて、実加は一人で夕飯を食べることにした。

食べ終えて、ぼんやりテレビを見ている内、いつの間にか眠っていた。

手もとに置いていたテレビのリモコンが床に落ちて音をたて、ハッと目を覚ました。

「寝ちゃったか……」

時計を見ると、十時半になろうとしていた。

さつきは帰っていない。ケータイを見て、メールが入っているのに気付いた。

「さつき？」

さつきからのメールだ。

〈彼がなかなか来なくて不安だったけど、今メールが来て、少し遅れる、って。でも、遅れるって、来るってことよね！　私、幸せだわ！〉

メールが来たのは十時少し前。

わざわざ実加にそんなことを知らせて来るのだから、さつきも本当に白倉が来るかどうか、信じ切れずにいたのだろう。

「ま、好きにして」

と呟くと、実加は欠伸《あくび》をした。

じゃ、お風呂《ふろ》に入るか……。遅くなると水音がうるさがられる。

バスタブにお湯を入れながら、早々に寝る仕度をする。

明日からはまた一週間が始まる。

お湯に浸って、ホッと体のこわばりがほぐれる気がする。——何しろ、忙しい週末だった。

内田祐子の体調も気になったが、今の実加には、彼女を助けるだけの余裕はない。相談相手ぐらいにはなれても、父との係りもあって、あまり口を出すべきでないと思っていた。

風呂を出て、パジャマを着ると、十一時半になるところ。

もう寝るか……。布団は敷いてあるので、潜り込むだけだ。

そのとき、テーブルに置いたケータイにメールが入っているのに気付いた。

「まさか……。やめてよね」

つい、そう呟きながら手に取ると……。

〈信じてたのに。来なかった。かけても、出ないし、もう一度かけたら、電源切られてた。私、凄《すご》いバカね。ごめんなさい、実加さん。一緒に暮らしてて楽しかった。一番大好きです。ありがとう。さようなら。さつき〉

「——何、これ？」

さようなら？

ちょっと、さつき！　冗談やめてよ！

さつきのケータイへかけたが、電源が入っていなかった。もちろん、まさか、そんなことないよね。

いくら何でも――死んでしまおうとまで思い詰めることはないだろう。

そう思いはしたが……。もしかしたら、と考えると、のんびり寝てもいられず。

といって、さつきが一体どこにいるものやら見当もつかないのでは、捜しようもない。だが、行き場が失くなったら、さつきは……。

しばらく迷ったが、実加はため息をつきながら、パジャマを脱いで、また服を着た。

そろそろ十二時になる。ともかく、この辺を捜してみよう。

実加はアパートを出た。階段を下りるのも気をつかう。足音をたてると、次の日には、

「目が覚めちゃったじゃないの」

という苦情が来る。

そっと表に出ると、とりあえず駅へ向う道を辿《たど》ってみた。電車に乗って帰って来るなら、どこかで会うかもしれない。

しかし、人っ子一人やって来ない。

「もう終電だよね……」

そうなると、タクシーででも？　まさか白倉の家へ押しかけたりしていないよね。

白倉は一旦《いったん》さつきを捨てたのだ。もう二人の間が元に戻ることはあるまい。

アパートの所まで戻ると、周囲を少し歩いてみることにする。

そして、夕方、アパートに白倉とさつきがいるのを見て、時間をつぶしていた裏手の公園へ行ってみると……。

「さつき……」

あの同じベンチに、さつきが座っていた。じっと顔を伏せ、泣いているのかどうか……。

「さつき！」

と呼びかけると、顔を上げる。

「実加さん……」

「何してるのよ、こんな所で？　アパートのすぐ近くなんだから、帰って来りゃいいじゃないの」

と、実加は言った。

「だって……みっともない」

と、すねたように言った。

「そんなこと言ってたら、誰だって失恋できなくなるでしょ！　人にどう見られようが構わないじゃないの。さあ、早く入って。夕ご飯、用意して待ってたのよ」

「私のために？」

と、さつきが目をみはる。

「お腹、空《す》いてるんでしょ？」

「でも……私は……」

「お腹空いてると、人間はろくなことを考えないもんよ」

と、実加は促したが、「──さつき、荷物は？」

「え……」

「持って出たんでしょ？」

「ええ……。でも……」

「どうしたの？」

「もう……必要ないと思って、捨てて来た……」

「捨てた？　どうして？」

「だって……死のうと思って。あの世に荷物持ってけないでしょ」

「あのね……。どこに捨てたの？　明日にでも……」

「無理だと思う」

「どうして？」

「その辺にいたホームレスの人に、『みんなあげるわ』って、あげて来ちゃった」

実加としては言葉もなく、

「ともかく、アパートに戻ろう。話はまた明日でも」

何とかさつきを引張って、アパートの部屋に戻る。

「お風呂、もう遅いから、シャワーだけにしてね。ご飯とおかず、冷蔵庫に入ってるからチンして食べて」

と、実加は早口で言った。

「食欲ない……。あの人、私を捨てた……」

「泣かないで！」

と、あわてて言うと、「明日、私は会社なの。もう寝るよ。さつきは好きにして」

「うん……」

「出かけるなら、鍵かけてってよ。自殺はおすすめしないけどね！」

そう言うと、実加は布団に潜り込んだ。

本当にもう！　面倒くさい奴《やつ》！

こんなにカッカしてちゃ、眠れないわよ！

と、腹を立てていたものの……。さすがにこの土日はくたびれた。

意外にスッと実加は寝入ってしまったのである……。

目覚ましが鳴って、実加はそれを止めると大欠伸した。

「ああ……。何だか体が重い……」

そうだった！　さつきが振られて、「死ぬ」とか言って……。

あれ、夢じゃないよね。

起き出してカーテンを開けると——。

「あら……」

さつきが、自分の布団を敷いて、外出したままの格好で眠っていた。——スーッ、ハーッと深い寝息。

この分じゃ大丈夫ね。

実加は急いで顔を洗って、出勤の仕度をした。朝食はどうしよう？

台所を見て、びっくりした。さつきのために用意していたおかずもご飯も、全部空の器と化して流しに積んであったのだ。

「私の分まで食べてる！」

朝に残しておいた分、きれいになくなっている。

「呆《あき》れた……」

と呟いて、口を半分開けたまま寝ているさつきを眺めると、腹も立たない。

つい、笑ってしまって、

「朝食抜きか。珍しくないけど」

と言うと、急いで部屋を出て行ったのだった。

8　診察

「そういうわけで……」

と、課長の友成はファイルを閉じて、「この十一月の〈連絡会議〉は、わが社の担当になった」

それまでの話も分りにくくて、聞いていた課員は、初めてはっきりしたことを知ってびっくりした。

「そういうことで……」

友成は同じような話をくり返して、「今後の話し合いは、また通知するから」

「あの、課長……」

と、実加がおずおずと言った。

「うん。何か質問かね？」

「〈連絡会議〉がうちの担当というお話ですが」

「そういうことだよ」

「社全体での担当ということですね。庶務課として、何をすればいいのか、決っているのでしょうか？」

他の課員たちが、小さく肯く。――誰も、一体何を訊《き》けばいいかも分っていなかったので、実加の質問を聞いて、ホッとしたのである。

「まあ、細かいことはこれからだが……」

と、友成は何となく目をそらしている感じで、「社としては、この件に関して、この庶務課に中心的な役割を担《にな》ってほしいとのことだ」

「庶務がですか？」

実加だけでなく、みんなびっくりして顔を見合せた。

「わが社にとって、この庶務課は大切な存在だ。役員会としては、ぜひ中心的な役割を——」

「具体的には何をするんでしょうか？」

「いや、そこはまだこれからだよ。今のところは以上で」

友成はさっさと席を立って出て行った。

残された課員——といっても十人しかいないのだが——たちは、みんな当惑して、しばらく席を立たなかった。

「俺たちが中心になってやるって？」

「どうすんだよ、一体！」

「私、知らない、っと」

口々に文句を言って、やがて、一人ずつ席を立って行った。

最後に残ったのは、実加と安田しのぶの二人だった。

「さ、机の上、片付けて戻ろ」

と、実加は言って立ち上った。

机の上は、結構、丸めたメモ用紙とか、ボールペンとかが転っているのだ。

安田しのぶも実加と一緒に片付けて、椅子《いす》をきちんと戻す。

「北尾さん」

「うん？」

「〈連絡会議〉って、そんなに大変なんですか？」

「ああ、そうね」

と、実加はちょっと笑って、「あなたには分らないわね、初めてだもの」

「ただの会議と違うんですか？」

「まあね」

実加はファイルを抱えて、「〈連絡会議〉っていうのは、うちが提携してる企業全体の会議なの」

「それじゃ……」

「普段、よくレポートが来てるでしょ？　海外の提携企業から」

「ええ、そうですね。英語だったり、フランス語だったり……」

「その全部の企業。だから、海外の企業を含めると三十社以上でしょう」

「それって……外国の企業の人が日本に来る、ってことですか？」

「そうなのよ。回り持ちでね。去年は担当がドイツの企業で、何日間かフランクフルトであったの。うちの社は社長と営業部長かな。ともかく、三人くらいが行った。それを今年はうちが担当するっていうんだから」

「そりゃあ……大変ですね」

と、しのぶは半ばポカンとしている。

「それも、庶務が中心に！ そんなこと無理よ。大体、うちの課に英語話せる人なんかいないし」

「でも、どうしてそういうことになったんですか？」

「察しはつくわ」

と、実加は言った。「どこの課だって、通常の仕事だけで手一杯。引き受けたくないわよ。でも、うちの課長は気が弱いし、他の課長と比べて、パッと目立つところがない。でしょ？」

「同感です」

「出世のためには、ここで進んで〈連絡会議〉の幹事役を引き受けよう、と思ったんでしょうね」

「はあ……」

と、しのぶは呆れたように、「でも、引き受けておいてできなかったら、もっと出世に差し支えるんじゃないですか？」

「うん。あなたの言う通り。でも、課長は『何とかなる』と思ってるわよ」

「そうですかね……」

と、しのぶは首をかしげている。

「ともかく、詳しいことが分らないと、こっちもどうしようもない。今は普通に仕事をこなしましょ」

と言って、実加はしのぶを促すと、会議室を出た。

終業の五時まで、あと数分というところで、実加のケータイが鳴った。

「――はい。北尾です」

「今日は」

明るい声だ。内田祐子の娘、幸世である。

「あら、どうしたの？」

と訊きながら、実加は内田祐子があのM病院で、胃の検査を受けたことを思い出していた。

祐子は怖がって、先に延ばしたかったようだが、幸世がガミガミ言って、受けさせたらしい。あのときの女医、近藤歩が胃カメラを担当してくれたと聞いた。

「この間、お母さん、検査受けたの」

「そうだったわね。結果は？」

「今日、聞きに行くことになってる」

「そう。じゃ、幸世ちゃんも一緒に？」

「そうなんだけど……」

「どうかしたの？」

「ね、お姉ちゃんも来てくれない？」

「私も？」

幸世は、実加のことを「お姉ちゃん」と呼ぶようになっていた。実加に多少気をつかったのかもしれない。

「お母さん、凄く怖がってて。もし、悪い病気だなんて聞いたら、気絶しちゃうかもしれない」

「うーん……。今日何時なの？」

実加は、まさか、と思ったが、その幸世の気のつかい方が可愛かった。

「六時」

「それじゃ行けるかな」

「ありがとう！」

幸世は本当にホッとしているようだった。

残業しようと思っていたのだが、仕方ない。

実加は明日まで待てる仕事を傍に置いて、急ぎの仕事を片付けることにした。

何とか五時十五分ごろにはきりがついて、急いで帰り仕度をする。

そして、エレベーターを待っていると、

「北尾君」

と呼ばれた。

友成課長が追いかけるようにやって来て、

「な、ちょっと話があるんだ」

と言った。

「すみません。今日は急ぐので——」

「うん、明日でいいから」

「はあ」

それなら明日言えばいいのに、と思ったが、口には出さなかった。

そして、エレベーターが来たので、乗ったのだが、扉が閉る直前、友成が言ったのだ。

「明日、ランチを一緒にしよう！」

——扉は閉って、エレベーターは一階へと下りて行った。

あれ、何だったの？　実加は首をかしげた……。

病院に着いたのは、六時を五分ほど過ぎていたが、祐子と幸世はまだ廊下の長椅子に座っていた。

「まだ？」

と、実加が訊くと、幸世は、

「前の人が長引いてるの」

と答えた。

「すみません。この子が無理なことをお願いして……」

と、祐子は恐縮していたが、同時にホッとしていることは表情で分った。

幸世の心配は、まんざら冗談でもなかったのかもしれない。

診察室のドアが開いて、不機嫌そうな中年の男が出て来ると、ほとんど逃げるような勢いで、廊下を駆けて行ってしまった。

「何かよほど悪い結果だったんでしょうか」

と、祐子は、自分の数分後の姿をあの男に重ねているかのように言った。

「──内田さん、お待たせしました」

ドアが開いて、看護師が呼んだ。

「はい……」

祐子はほとんど生きた心地もしない様子で、ゆっくりと立ち上った。

三人でゾロゾロ入って行くと、あの近藤歩医師はちょっと面食らったようだったが、すぐに実加のことを思い出したようで、

「今日も付き添い？」

と言った。

「その節は。──この後、ちょっと内田さんと約束があるものですから」

「そうですか。じゃ、どうぞ」

「私はここで」

実加は、祐子と幸世を椅子にかけさせ、自分は少し離れて立っていた。

「──これがこの間の内視鏡検査の画像です」

と、近藤医師はパソコンの画面を指して、

「この辺りの病変が心配だったんですが、幸い、悪性ではありませんでした」

「それは……」

「でも、ポリープはあるので、用心は必要です。それと、ストレスから来る胃《い》潰瘍《かいよう》が二か所に見られます。薬での治療をしたいと思います」

アッサリした言い方だったが、ともかく、「悪性でない」と言われて、他の言葉は祐子の耳に入っていないようだった。

「あの……それじゃ、私……大丈夫なんでしょうか」

「大丈夫という意味によりますけどね。差し当り、手術の必要はないでしょう」

「はあ……。そうですか……」

祐子は体中の力が抜けたみたいに、大きく息を吐き出した。

「良かったね、お母さん」

と、幸世が言った。

「ちゃんと治療を続けて下さいね」

と、実加は声をかけた。「父のためにも」

「はい……。どうも……本当に……」

と言ったとたん、祐子はポロポロと大粒の涙をこぼした。

「お母さん」

と、幸世が顔をしかめて、「みっともないから、泣かないでよ！」

近藤医師と実加は、一緒になって笑ってしまった……。


「本当に私、怖がりなんです」

と、内田祐子は恥ずかしそうに言った。「もう、痛いこととか、苦しいこととか……。想像しただけで貧血起しそうになってしまいます」

――祐子が詳しい検査結果を聞いてから、治療のための予約を入れ、差し当りの薬を受け取るまでに一時間ほどかかった。

実加が付合う必要もなかったのだが、幸世がぴったりそばについて離れないので、帰るわけにもいかなかった。

結局、祐子たちと一緒に病院を出た実加は、病院に近い駅の駅ビルに入っているおそば屋に寄って、夕飯を済ませることになった。

「いつかなんて、私が転んで膝《ひざ》から血が出たことがあるの。私、泣かなかったのに、お母さんが貧血起して倒れちゃった」

と、幸世の話に、祐子は、

「幸世、わざわざそんなこと……。それにお母さん、倒れてないわよ。めまいがして座り込んじゃっただけ」

あえて訂正するところが面白い。——実加は、

「私も、血を見るとか、そういうことには弱いわ」

と言った。

実加は丼《どんぶり》ものを頼んでいた。さつきと一緒に食事していると、自然、胃が大きくなるのかもしれない。

「——祐子さん」

食べ終えて、お茶を飲みながら、実加は言った。「父から話は聞いています。あなたと父のこと——」

「いえ、それは……」

祐子は急いで遮《さえぎ》るように、「お父様が私を気づかって下さるのは、本当に嬉《うれ》しいんです。でも、私にはこの子がいれば、それで充分です」

「でも、やはり父の気持を考えれば」

と、実加は言った。「特に……父の病気は、いつどうなるか分らないのでしょう。父を安心させてあげて下さい」

「実加さん……。あなたのお母様にとっては……」

「気をつかって下さってありがとう。でも、もう十年です」

もう、と言えるようになるのに、いくらかの努力は必要だったが、これでいい、と思った。

「実加さん……」

「ほら、泣かないで下さいね。また幸世ちゃんに叱られますよ」

と、実加が言うと、幸世は楽しげに笑った。

「でも、祐子さん」

と、実加は続けて、「もう少し自分の体のことに気を付けないと。今、いくつ仕事をしてるんですか？」

「いえ、そんなには……。ただ、昼の仕事が非正規なので、いつ辞めさせられるか分らないんです。お給料も、もちろんそういただいているわけじゃありませんし。雄一さんの入院費などは、本人の年金などでほとんど大丈夫なんですが、少しは蓄えがほしいと思って、夜のパートの仕事を週に三回入れています」

「でも、具合悪くなったのも、やっぱり過労ですよ。祐子さんが寝込んだら幸世ちゃんが困るんですから、少なくとも夜のパートは……」

実加は、そう言いかけて、「――ごめんなさい。そんなこと、祐子さんの方がよく分ってらっしゃるのに」

「いいえ！　私のことを心配して下さるなんて、もったいないことで」

「フルタイムで正規の仕事があるといいですけどね」

実加は、幸世がもう十歳とはいえ、週に三日、母の遅い帰りを待っているのかと思うと胸が痛んだ。

「私も気を付けておきます。今の私の会社は人を減らすことはあっても、増やすことはまずない所なので」

「今はどこも楽じゃありませんね」

と、祐子は言った。

すると幸世が、

「私、アルバイトするよ」

と言い出した。

「まあ、偉いわね。でも、それにはまだ幸世ちゃんは小さ過ぎるわ」

「でも、私、トーストにバター塗るの、得意なんだけどな」

と、幸世は不服そうに言った。

「ただいま」

玄関のドアを開けて、実加はついそう言っていたが、部屋は暗かった。「——帰ってないのか」

明りを点《つ》け、カーテンを閉めると、着替えようとして、テーブルの上のメモに気付いた。

「ひどい字だな……」

思わずそう呟いたものの、「——何なのよ」

さつきの、子供みたいな字で、

〈実加さん。この間のことをいろいろ考えると恥ずかしくなりました。私、母の所に帰ります。一人でいると、何だかまた馬鹿《ばか》なことやらかしそうで、こわくて。ごめんなさい。さつき〉

「そうか……」

自分の荷物を、ホームレスの誰かにあげてしまったということもあるし、白倉と裸でいるところを実加に見られた、というせいもあっただろう。

両親は離婚しているので、行きやすい母親の所へ行くことにしたということか。

「全くもう……」

世話のやける奴！　母親の所に居づらくなったら、またここへ転り込んで来るのだろう。

「知らないよ！」

実加は思わず口に出して言った。

そして、お風呂に入ろうとすると、ケータイが鳴った。

「——お姉ちゃん？」

幸世からだった。

「もうお家？」

「うん。お母さん、今、お風呂」

「そう。お姉ちゃんもこれから入るところよ。何か用だったの？」

「お姉ちゃんに、お願いがあって」

「まあ、何かしら？」

と、実加は訊いた。

9　ランチの話

「何でも、好きなものを頼んでいいからね」

と言われたからといって、何千円もするヒレステーキなど頼めないし、大体お昼休みの一時間に食べようと思えば、当然のことながら、

「私は……〈今日のランチ〉で」

と言うしかないだろう。

「そう？　まあ、出て来るのも早いだろうしね」

そう言うと、友成課長はウエイトレスを呼んで、「〈今日のランチ〉を二つね」

と、オーダーした。

もちろん、このランチだって、千八百円もする。いつも実加が食べているお昼に比べればぜいたくだ。

でも――実加はちっとも嬉しくはなかった。課長が理由もなく実加にランチをおごってくれるわけはなく、ここでどんな話を聞かされるのかと思って、気が気ではなかったからである。

「どうだい、最近は」

と言われて、

「ええ。――元気です」

「北尾君はもう……何年になるかね、うちに来て」

「もうじき、九年です」

「九年か！　早いもんだね。僕もまだもう少し髪があったかな、九年前だと」

と言って、自分で笑っている。

「はあ……」

スープが来た。

そして、〈今日のランチ〉は、もう予《あらかじ》めできているのだろう。すぐに料理も出て来て、結局デザートの皿が出て来るまで、友成がどういう用件で実加を呼んだか、話す時間がなかった。

「いや、たまにはいいもんだね、こんな風なランチってのも」

「あの――課長」

「うん？　何だい？」

「何と言って……お昼休み、あと十五分ですけど、何かお話が……」

「ああ、そうそう！　肝心のことを忘れるところだったよ。困ったもんだね、まだ四十五なのに」

と言って、わざとらしく笑った。「――いや、昼休みの時間は気にしなくていい。僕と一緒なんだから、これも仕事の内だ」

「でも、他の人が……」

「まあ、そうだね。いや、話というのは……。あ、コーヒーね」

と、ウエイトレスに言って、「君もコーヒーでいい？　じゃ、二つ」

友成は水を一口飲むと、

「昨日はびっくりしただろう、〈連絡会議〉の話」

「あ……はい。庶務課としては……」

「まあ、そろそろうちの社の順番だってことは分ってたんだがね。去年、フランクフルトへ行ったときに、向うでそういう話になってたらしいんだ。それならそれで、すぐに言ってくれればいいのに、社長が言い出さないんで、役員連中も言えなかったらしいんだな」

「はあ……」

「いや、大変だってことは、僕もよく分ってる。これまでに何度か経験してるしね。

君は……」

「入社した年に、お手伝いしました。もちろん、何も分らないので、会場で駆け回ってただけですけど」

「そうだったか！　じゃ、あれは八年前だったのかな。もうそんなになるか」

と、友成は感慨に浸っている様子。

「あの……それで……」

「うん。そうなんだ」

と、友成は肯《うなず》くと、「今年はうちの社が担当でね。昨日話した通り、庶務が中心になってやることになった」

友成は急に座り直すと、

「北尾君」

「はあ」

「君はこの度の〈連絡会議〉のプロジェクトチームに所属することになった」

実加は言葉を失った。――まさか、そんな話だとは！

「君は若い。外国からの出席者に対しても、僕らと違って、ちゃんと対応できるだろう」

「待って下さい。私、特別海外に詳しいわけでも……。英語も話せません」

「しかし、僕よりは分るだろ。大丈夫。ちゃんとプロの通訳が付くしね」

「でも、準備の段階で――」

「そこは君の判断で、人を雇うなり、どこかへ任せるなりしていいから」

「私？　私の判断で、って……」

実加は面食らって、「誰がトップをつとめるんですか？」

と訊いた。

やや、ふしぎな感じの間があって、

「プロジェクトチームのリーダーは君だ」

と、友成は言った。


「北尾さん、どうしたんですか？」

と、安田しのぶが訊いた。

それに反応するのに、少しかかった。

「――何？」

「いえ、何だか……目が泳いでます」

「ああ……。ごめんね」

「いえ、別にいいんですけど。——具合でも悪いのかな、って思って」

「そうじゃないの。大丈夫」

実加はパソコンに向うと、何とか仕事に集中した。しかし、長くは続かない。

全く……。課長、何を考えてるんだ！

実加は、今日のランチが夢か幻だったら、と思った。

「——本当に大丈夫ですか？」

と、安田しのぶに言われて、ハッと我に返る。

パソコンの画面には、同じ文字が延々と打ち出されていた。

「ごめん。——ね、安田さん。『しのぶさん』って呼んでいい？」

「ええ、もちろん、どうぞ。嬉しいです」

「ちょっと仕事サボって、お茶しない？」

「でも……いいんですか？」

「いいの」

実加は立ち上ると、「課長。ちょっと打合せして来ます」

と、友成に言った。

「うん？ ああ、いいよ。ゆっくり行っといで」

友成の言葉に、庶務課のみんながキョトンとしていた……。

そして、実加は安田しのぶを連れて、ビルを出た向いのケーキショップへ行った。

「ケーキ、食べるんですか？」

「甘いもんでも食べなきゃ、やってられないわよ」

と、実加はほとんどやけ気味に言った。

ケーキを食べながら、実加はしのぶに友成に言われた話をしてやった。

「――じゃ、〈連絡会議〉のプロジェクトのリーダーに？」

「無茶苦茶でしょ？ でも、業務命令となったら拒むわけにいかないし。課長としては、私にランチおごって、気をつかったつもりなのよね」

実加はコーヒーを頼んで飲みながら、「どうしたらいいと思う？ あなたはまだ会社人間になってない。その目で見て、どう思った？」

「ああ……。たぶん……課長さんは、引き受けたものの、うまくやれる自信がなくて、それで北尾さんにやらせれば、うまくいかなくても北尾さんのせいにできるし……」

「しのぶさん、分かってるわね。――当然そうなのよね。失敗の責任を取らせる人間がいればいいわけだから」

「だけど、北尾さんなら、やれるかもしれませんよ」

と、しのぶが真顔で言った。

「ありがとう。励ましのお言葉と聞いておくね」

「でも、北尾さん、細かいことを、きちんきちんとやるのがお好きじゃないですか。〈連絡会議〉だって、きっと、細々《こまごま》したことを山ほど考えなきゃいけないでしょう。そういうのに目を配るのは、お得意でしょ」

「程度問題よ。冷蔵庫の中身を整理して、牛乳パックがうまく入るようにする、っていうのとはわけが違うもの」

「そのプロジェクトのチームって、誰が他に？」

「誰も」

「え？」

「私が選ぶの。全社員の中からね」

「それって……大変ですね」

と、しのぶが目を丸くしている。

「私が、自分より先輩で年上の人に、『チームに入って下さい』なんて言ったって、誰がウンと言う？　しかも、私がリーダーだなんて！　私がベテラン社員に、ああしろ、こうしろ、って命令する？　——殺されちゃうわ」

「でも……仕事だから、やるしかない……ですよね？」

「そうなのよ！　今夜、取りあえず候補のリストを作らないと。考えただけで頭痛がしてくる」

実加はコーヒーを飲みながら、「しのぶさん、あなた、もし良かったら、チームに入ってくれない？」

「私が……ですか？」

「細々した雑用をお願いすることになっちゃうかもしれないけど……」

「そんなこと、いいんですけど……」

と、しのぶは言った。

「じゃ、入ってくれる？　ありがとう！」

と、実加は微笑《ほほえ》んだ。

「それと……あの……」

「うん？」

「私……中学、高校とアメリカに行ってたんです」

「え？」

「ですから……一応、英語、話せます」

実加は大きく目を見開いて、

「しのぶさん！」

と、しのぶの手をギュッとつかんで、「ご恩は一生忘れないわ！」

と、すがりつくように引き寄せたのだった……。

父、北尾雄一は、眠っているように見えたが、実加がそばに寄って行くと、目を開けた。

「――実加か」

「起こしちゃった？」

「いや、いつも半分眠ってるようなもんだ」

と、雄一は息をついて、「仕事の帰りか」

「うん」

実加はベッドのそばに椅子を寄せて座った。

実加が話を切り出す前に、雄一が言った。

「お前に礼を言っときたかったんだ」

「私に？　どうして？」

「祐子から聞いた。幸世のことも、ずいぶん可愛《かわい》がってくれているそうだな。ありがとう」

「ああ……。だって、可愛いじゃない」

「そうだが……。ともかく、礼を言うよ」

「じゃあ……お父さんのアドバイス、聞かせてよ」

「俺の？」

「とんでもない仕事、任されちゃったの」

もちろん、本当はこんな話をしに来たわけではない。しかし、父が仕事の話で少しは元気になるかもしれないと思ったのだ。

実加は、〈連絡会議〉について父に話した。

「お前がリーダー？」

「そう。無茶でしょ？　これでクビにでもなったら、たまんない」

と、実加は首を振って、「お父さん、こういう仕事、したことある？」

雄一はちょっと考えていたが、

「ある。――うちの社が加盟してる業界の団体が、やはり外国企業を招いて、シンポジウムをやった。そのとき、色々やらされたよ」

と言うと、「開催日は決ってるのか」

「十一月の末。そんなに日がないんだよね」

「それは大変だな。何も決ってないのか？」

「課長の話だと、すべてこれからだって」

「まず会場を押えろ。会議やレセプションの場所がなかったら、話にならん」

「そう……。そうだね」

「今からじゃ、空いている所を探すのは大変かもしれないぞ」

「すぐ当ってみるよ」

「正式な予約でなく、仮押えでいい。一週間以内に決めるからと言って、ともかく空いている所を押えろ。それから、去年はドイツで開いたのか？」

「うん。ドイツの会社が」

「そこの、会議を担当した人間にメールして、去年の会議の詳細な内容を送ってもらえ。どれくらいの部屋がいくつ必要か分る」

「分った」

実加はあわてて手帳を取り出すと、メモした。

「それから去年の経費も教えてもらえ。外国の企業はそういう点、オープンだから、うるさいことは言わないだろう」

「うん」

「社内で早く予算を出してもらうことだ。使える金が分らなくては、動きが取れない」

雄一の言葉に力がこもって来た。

「それから——そうだ。会議に英語の通訳が必要だ。日常会話だけの通訳では役に立たない。経済用語を通訳できる人間はそう多くない。早く手配しておくことだ」

「分った……」

訊いてみるもんだ、と思った。父の話を聞くと、のんびりしてはいられないと改めて分る。

「まあ……ともかく頑張れ」

と、雄一は息をついた。

「ありがとう。会場は早速当ってみるよ」

「そうしろ。キャンセルはいつでもできる」

「うん。助かったよ」

と、実加が言うと、雄一は微笑んだ。

実加の役に立つことが嬉しそうだ。

「じゃあ……」

実加は手帳をしまうと、立ち上って、「また来るよ」

と行きかけたが、

「あ、いけない！　肝心の用件を忘れてた」

と、つい自分で笑ってしまった。

「何だ？　何かあったのか」

「お父さんに訊こうと思って」

と、実加は言った。「祐子さんと結婚式、挙げない？」

10　忙しい日々

実加は〈ホテルR〉のロビーへ入って行くと、フロントの男性に声をかけた。

「恐れ入りますが、宴会場の係の木俣《きまた》さんにお会いしたいんですが」

「木俣でございますか」

「私、〈Kプロダクツ〉の北尾と申します。三時にお目にかかる約束になっています」

「かしこまりました」

と、手もとの電話へ手を伸すと、

「北尾さんでいらっしゃいますね」

と、声がした。

「はい！」

振り返ると、いかにもホテルマンという、きっちりしたスーツ姿の男性が立っていた。

「木俣です」

「あ、どうも……。北尾です」

わざわざ待っていてくれるとは思わなかったので、ちょっとあわてた。

「宴会場フロアでお話を」

と、その木俣という男性は、ファイルを抱えて言った。

「はい！　よろしくお願いします」

実加は、木俣について、地階へとエスカレーターで下りて行った。

「宴会場は上下にあるんです」

と、木俣は言った。「一番広いものは、最上階で、夜景はすばらしいですよ」

「はあ」

「地下一階と二階が、色んな大きさの宴会場です。少し広めの会議室という作りの部屋もあります。もちろん、広い宴会場をお使いになるときの控室としても使えます」

地下一階の小さく仕切られた部屋の一つに通された。

実加はちょっと当惑していた。

〈Kプロダクツ〉は大企業というわけではない。こんな立派な会場を借りるお金が出せるだろうか？

しかし、ともかく、

「——木俣靖夫《やすお》です。どうかよろしく」

と、名刺を出されて、実加はあわてて、

「あ、どうも……」

自分も名刺を出そうとして、バッグを落っことしてしまった。「すみません！」

急いで拾って、名刺を出す。

「北尾実加と申します」

「まあ、どうぞ」

真新しいソファに緊張して腰をおろす。

「お電話いただき、ありがとうございました」

と、木俣が言った。

「いえ……。私、よく分らないので」

と、実加は素直に言った。

本当なら、少しでも安くあげられるように、よく分っているふりをして、強気に出なくてはいけないのかもしれない。

しかし、今の実加としては、値切ったりする前に、肝心のことをちゃんと決めておくことの方が重要だった。大事なポイントを忘れてしまう方がずっと心配だ。

「これ、昨年のドイツでの〈連絡会議〉の詳細なプログラムです」

と、ファイルからコピーを取り出して、「必要な部屋数や、会場の広さなど、これを参考にしようと思いまして」

「なるほど。ちょっと拝見」

「どうぞ。コピーですので、よろしければお手元に」

木俣はページをめくって、

「ドイツ語ですか」

「すみません！　英訳して送ってもらいたかったんですけど、その余裕がなくて。今日お持ちするのに、日本語にして、と思ってたんですけど。——申し訳ありません。広さとか人数くらいは分ると思ったので」

木俣はニッコリ笑って、

「大丈夫です。私は一応ドイツ語が分りますから」

と言った。

「そうですか！　良かった！」

実加は胸をなで下ろした。

安田しのぶも、ドイツ語となると辞書を引くのも大変で、今日までに間に合わなかったのだ。

「レセプションの会場が微妙なところですね」

と、木俣は言った。「人数が昨年より増えるようですと、最上階の部屋でないと入りません。ただ、そうなると会場費がかなり高くなります」

「それは無理だと思いますが……。今回の会議についての予算が、まだ正式に決っていないんです。早く結論を出してくれるように課長を通して頼んでるんですけど」

友成は社長や取締役の機嫌をそこねることを、何より怖がっているので、しつこく催促することができないでいるのだ。

「上の方は呑気《のんき》ですからね」

と、木俣が言った。「それでいて、遅れると『何をしてた！』と怒りますし」

「本当！　その通りです。でも——こちらのような一流ホテルはそんなこと……」

「いや、トップが責任を取りたがらないのは同じですよ。——ところで、このお話は他のホテルには？」

「いえ、他には……。というか、どこもふさがっているか、部屋数が足りなくて」

と、実加は正直に言ってから、しまった、と思った。「あ、もちろん、こちらにお訊《き》きするのをわざと最後にしたわけじゃありません。ただ、最近、国際会議をよく開いているホテルを調べていたら、こちらが最後になってしまって」

「分りました」

木俣は実加の気持をよく分っているようで、「こちらも正直に申し上げましょう。本当はメインになるような広い宴会場は一年前に予約が入っていたんです」

「え？」

「それが先月、キャンセルになりましてね。たまたま空いたところだったんです」

「そうですか……」

実加は冷汗をかいた。——父の言った通り、本当なら、もう「遅すぎた」のだ。

「北尾さんは運のいい方ですね。そういう方が担当されると、イベントはうまく行きますよ」

運がいい……。そうだろうか？

「あんまりそういう風に感じたことはありませんけど」

と、実加は言った。

「しかし、お若いですね。ちょっとびっくりしました」

と、木俣はひと息ついて、「どうです？　ラウンジでコーヒーでも。ともかく、今空いている宴会場は、仮押えで取っておきますから」

「ありがとうございます！」

実加は初めて、自分が向き合っているこの男性のことを、いくつぐらいの人だろう、と考えた。

話し方にあたたかさがあり、信用できる人だと感じた。

「ではラウンジへ」

と、木俣が立ち上る。

実加は、何となく今度の仕事がうまく行きそうな気がしていた。

「お時間を取っていただいて、ありがとうございました」

と、実加は〈ホテルR〉のラウンジを出た所で礼を言った。「それにごちそうになってしまって……」

ラウンジで飲んだコーヒー代を、木俣は取らなかったのだ。

「これぐらい当然ですよ」

と、木俣は笑顔になって、「そちらがお客様なんですから、私の方でお礼を申し上げないと」

「そんなものでしょうか」

実加は少し恥ずかしくなって、「何しろ、平《ひら》のOLだと、お茶一杯自分でいれないといけませんから」

実加は、自分がおよそプロジェクトのリーダーという柄でないことも含めて、正直に話した。

「確かに、北尾さんの若さでは、押しの強い相手には苦労されるでしょうね」

と、木俣は肯いて言った。「しかし、無理しないことですよ。必要なことをきちんとやっていれば大丈夫です」

「心強いです……」

木俣は、英語の通訳を紹介する事務所についても教えてくれた。一体どこで探せばいいのか、途方にくれていた実加としては本当にありがたかった。

ロビーに出て、

「ではこれで……」

と、実加が言うと、

「何かお訊きになりたいことがあれば、いつでも私のケータイにかけて下さい」

と、木俣は言った。

「ありがとうございます。少し気が楽になりました」

「ああ、そうだ」

木俣は手にしていたファイルから、実加の名刺を取り出して、「この仕事用に、別の名刺を作られるといいですよ。〈連絡会議プロジェクト・リーダー〉として。庶務課の名刺では、相手が後で忘れてしまう」

「はあ……。そうします」

「頑張って下さい」

――実加は、木俣の後ろ姿を、何となく見送っていた。

ふっと胸が熱くなった。心から励ましてくれる人がいる。

ホテルを出る実加の足取りは、ずいぶん軽くなっていた……。

「で、その人、いくつなんですか？」

と、安田しのぶが訊いた。

実加は面食らって、

「え？　何の話？」

「〈ホテルR〉の人ですよ！　木俣さんっていいましたっけ。頼りがいのある、感じのいい人なんでしょ」

やっと、言われている意味が分って、実加は笑うと、

「変に気を回さないでよ！」

会社に戻った実加は、心強い助手の安田しのぶと会議室に入って、〈ホテルR〉の宴会場などの使い方を打合せていた。

その中で、つい木俣のことを熱心に話していたのだろう。

「年齢は訊かなかったわ。たぶん……三十五、六？　ともかくずっと年上」

「独身？」

「知らないわ！　でも──そう、左手のくすり指にリングがあったわね」

「残念！　でも、実加さん、ちゃんと見てるじゃないですか」

「冷やかさないで。何となく気が付いてたのよ」

そうだろうか？　あのラウンジでコーヒーを飲みながら、実加は木俣の左手へ目をやっていた……。

「さて、これで上のＯＫが出るかどうか」

と、実加は宴会場などの大体の料金を一覧にしたものを手にして、「だめと言われても、もうこれからじゃ、どこも空いてない」

「リーダーなんですから、実加さんは！」

しのぶは、いつしか「北尾さん」でなく、「実加さん」と呼ぶようになっていた。

一旦《いったん》席に戻ると、課長の友成に、〈ホテルＲ〉の件を報告した。

「うん……。そうか」

友成はちょっと渋い顔をして、「高いんだな、〈ホテルＲ〉くらいになると」

「直接社長にお願いしていいでしょうか。ドイツでも同じくらいかかってます」

「うん、それじゃ……。話してみてくれ」

友成はホッとした様子だった。

ともかく、自分が叱《しか》られそうなことは避けたいのである。実加は社長秘書に連絡して、直接社長と話す時間を取ってもらうことにした。

「今、お時間は取れないでしょうか」

と、実加が訊くと、

「社長はご予定が詰ってるの」

秘書の女性はいつもながら素気ない。

「〈連絡会議〉の会場を仮押えしてありまして、正式予約していいか、早めに返事しなくてはいけないんです」

「そう……」

と、面白くなさそうだったが、「待って、伺ってみるから」

少しして、

「今、十五分くらいなら大丈夫ってことだから」

「すぐ行きます」

実加はファイルを手に、社長室へと急いだ。

大企業というわけでなくても、実加が直接社長の加東《かとう》と一対一で話すことなど、以前はほとんどなかった。

〈連絡会議〉のプロジェクトを任されて、というより「押し付けられて」、どうしてもじかに社長と話さなくてはならないことになったとき、実加は緊張して貧血を起すかと思った。

しかし、社長の加東はほとんど実加の話に口を挟むことなく、じっと耳を傾けて、話が終ると、

「――いいんじゃないか」

と言っただけだった。

拍子抜けした実加は、安田しのぶに早速報告した……。

以来、実加はほとんど二、三日に一度は加東と話をすることになった。そして、秘書の女性が、そんな実加のことを良く思っていないのに気付いたので、必ず秘書を通して時間を取ってもらうようにした。

「――失礼します」

社長室へ入ると、「予定が詰っている」はずの加東は、ゴルフのクラブを振っていた。

「やあ、どうだ、様子は？」

「会場として、〈ホテルR〉を仮押えしました。大まかな費用を出してみましたので、見ていただけますか」

——加東和寿《かずとし》は五十五歳。〈Kプロダクツ〉を、創業者の父親から引き継いだのは四十歳のときだと実加は聞いていた。

「〈ホテルR〉か……」

と、加東は席に戻って、実加の作った予算を眺めた。

「〈ホテルR〉以外の主なホテルはどこも空いていません」

高過ぎる、と言われるかと思ったが、

「まあ、いいんじゃないか」

と、アッサリ言われて、実加は安堵《あんど》した。

「レセプションのことですが……」

「うん」

「人数が前回より多くなると、〈ホテルR〉の一番広い会場でないと入れません。でも、会場費がずいぶん高くなるので……。あんまり無理しない方がいいと思います。多少の定員オーバーでしたら、少し詰め込めば、何とか……」

「おい」

と、加東はちょっとしかめっ面《つら》になって、「うちが中小企業だから、広い会場を借りられないっていうのか？」

「いえ、そういうわけじゃ……」

「さすがは〈Kプロダクツ〉だ、と言われるようにするんだ！　その一番広い会場を借りよう」

「いいんですか？　最上階で、眺めはとてもいいそうですが」

「そこをメイン会場にしよう。では、早速連絡してみます」

「分りました。ケチるのはみっともない」

と、実加は言って、「すぐ戻ります」

急いで社長室を出ると、エレベーターホールで木俣に電話した。

「北尾です。あの、最上階、お願いします」

「それはどうも。できるだけ値引きしますよ」

「よろしく」

「北尾さん」

「はい？」

「こいつをつかみましたね、偉い人を扱うこつを」

「そんな大そうなことじゃ……。ただ、『もったいないですよね』って持ってくと、社長、『ケチケチするな』って言うんです。その辺、呑《の》み込んだので」

「結構ですね」

と、木俣は笑って、「あなたは意外に営業向きかもしれません」

実加は一緒に笑った。

――初めてだ、と思った。木俣さんの前で（前じゃないが）こんな風に笑ったの。

何だかむやみに嬉《うれ》しかった。

11　忘れな草

「あ……。久しぶり」

と、実加は言った。

目覚めているときではない。夢の中だった。そして、そうはっきり分っていた。

「お姉ちゃんだね……」

と、実加は呼びかけた。「ずっと私のこと、忘れてたでしょ」

「忘れてたのはそっちでしょ」

久々に、姉、千津子が、からかうように言ったのだ。

もちろん、今、北尾千津子は生きていない。実加はとっくに「お姉ちゃんより年上」になっていた。

「そうかもしれない」

「それでいいのよ」

と、千津子が言った。「あんたはもう大人なんだもの。私なんかよりずっとね」

「そうかなあ……。でも、人間って、そう変らないんじゃない？　私、今でも臆病《おくびょう》だしさ」

「私だって。ただ、あんたの前じゃ、『しっかり者のお姉ちゃん』を演じてたのよ」

「頼りたいときには、もういないなんて。――お姉ちゃん、ひどいよ、って何度も恨んだわ」

「知ってたわ。でも、大丈夫。実加は一人で切り拓《ひら》いて行ける」

「仕方ないものね、そうするしか」

と、実加は言って、「でも、どうして出て来たの？　もちろん嬉しいけど」

「それはあんたの方がよく分ってるでしょ」

「それって……まさか、あの木俣さんのこと？」

「木俣っていうの？　ともかく、あんたの胸が久しぶりにときめいたから、私、眠りから覚めたのよ」

「でも……」

「知ってるわ。奥さんのいる人なのね。あんたは一生懸命に自分を抑え込もうとしてる」

「だって、よくないでしょ、そんな人、好きになったら」

「いいとか悪いとか、そんなこと言ってられないでしょ。ただ、覚悟はしておくのよ。ただの憧《あこが》れで終るかもしれないって」

「うん……。木俣さんも、私のこと、そんな目で見てないと思う。それでいいんだよね」

「でもね……。男と女って、いつどうなるか分らないのよ。私が言うのも変だけど」

「お姉ちゃん、あのときも……何も言ってくれなかったもんね」

「あのとき、って……。初めてのとき？」

「うん。私、心細かった。お姉ちゃんに出て来てほしかった」

「そんなこと……。いくら姉妹だって、立ち入っちゃいけないことがあるでしょ。それに、私だって恥ずかしいわよ、そんなところに居合せるなんて」

「それもそうだね。でも、私、正直何も憶《おぼ》えてない。『ただもうくたびれた！』ってことしかね……」

「続かなかったでしょ、あの人とは」

「うん……。そんなに好きってわけでもなかったんだよね。たぶん自分でも気付いてた。初めて経験するなら、これくらいの人が無難かな、って思ったの」

「あんたらしいわね」

――実加が初めて身を任せた相手は、今の会社の取引先の男性だった。二、三度食事をして、それから勢いで彼のアパートに行って泊った。

でも、彼は実加がまさか初めてだとは思っていなかったようだった。実加は実加で、彼に責任を取らせようとは思わなかったので、「別に大したことじゃないわ」というふりをして見せた。

それで彼は実加を「遊び相手の女の子」と分類したのだろう。二度めのとき、

「今度結婚するんだ」

と、彼は気軽に言って、実加は、

「へえ！　おめでとう！」

と、調子を合せたのだった。

で——それきり。以来、実加はそんな相手と出会うことなく過して来た。

何も憶えてない、というのは本当のことだった。

「お姉ちゃん、私、聞いてないよ」

「何を？」

「お姉ちゃん、いつだったの？」

千津子はちょっと笑って、

「内緒よ」

と言った。

そう。お姉ちゃんは高校生までしか生きていなかったのだ。

たぶん、そんな機会はなかっただろう。もしあったとしたら、実加にも分ったはずだと思えた……。

すると——何しろ、向うは実加の頭の中に住んでいるのだから——千津子がフッと笑う気配がして、

「私を甘く見ないでよ」

と、結構真面目《まじめ》な口調で言ったのである。「お父さんやお母さんには絶対気付かれてない自信があった」

「お姉ちゃん……」

「ずっと『いい子』だったものね。お父さんやお母さんをがっかりさせちゃいけない、と思ってた」

「私のことも？」

「あんた、鈍いでしょ、その手のことに。気付かれる心配もしなかった」

「ひどい言い方。――いいよ、うんと遊んでやる」

「そんなことのできる実加じゃないことぐらい、分ってるわ。でも――誰かを愛したら、無理に否定しないのよ。傷つくことも含めて恋愛なんだからね」

実加はちょっと笑って、

「お姉ちゃん、〈人生相談〉の回答者みたいだ」

と言った……。

爽《さわ》やかに目覚めた。

休日ということもあったが、久しぶりに千津子と会話したせいだろうと思った。

「おはよう、お姉ちゃん」

もういないことは分っていたが、起き上って、そう言っていた。

——さつきがいなくなったので、また一人になったので、少しのんびり寝ていられた。

やっと起き出して、顔を洗っていると、ケータイにメールの着信音がした。

休みの日に？

ケータイを手に取って、ちょっとドキリとした。木俣からのメールだったのだ。

ゆうべ、姉と木俣の話をしたばかりだ。まさかデートの誘いじゃないだろう。

メールを読んで、実加の眠気はいっぺんに吹き飛んだ。

〈北尾様。突然の連絡で申し訳ありません。仮押えしていただいた日程に、即刻予約を入れたいという会社が現れました。私どものホテルとは長いお付合いの会社で、私も困っています。ご連絡いただけると幸いです。木俣〉

「そんな……。そんな……」

思わず呟《つぶや》きながら、実加は急いで木俣のケータイへかけた。

「お休みのところ、どうも」

「そんなこといいんです。お願いです。週明けに必ず予約金を入れますから」

課長にも訊いていないが、〈プロジェクト〉のリーダーだ、という気持がある。

「今日、お時間はありますか」

と、木俣は言った。

「はい！　すぐに伺います」

「お待ちしています」

むだな話をしている余裕はない。

実加は大急ぎで身仕度すると、アパートを飛び出した。

〈ホテルＲ〉までが、遠く感じられる。

ホテルのロビーへ入って行くと、木俣が待っていてくれた。

「木俣さん――」

「すみません、お休みなのに」

「いえ、ちっとも。それより会場ですが」

と、木俣は言った。

「先方も、週明けに予約金を振り込むと言って来ています。うちの社長と親しい方なので、『当然取ってくれる』と思っておいでらしくて」

「でも、私どもも……」

「分っています。北尾さんの方が先約だということは、はっきりしていますが、それで先方が納得されるかどうか……」

木俣の様子で、実加はかなり問題が深刻なのだと分った。

「向うは全部の会場を？」

と、実加は訊いた。

「いえ、大宴会場と、控室です。社長さんの息子さんの結婚披露宴なのですよ」

「ずいぶん急に……」

「忙しい方なので、その日で決められないと、来年の夏ごろになってしまうそうです」

「はあ……」

実加としては、結婚式の大切さもよく分る。しかし、このホテルの会場が借りられるかどうか、実加としても大問題であった。

「――ともかくこちらへ」

先に立ってエレベーターへ急ぐ木俣を、実加はあわてて追いかけた……。

〈ホテルR〉のオフィスフロアで、実加はじっと立ち尽くしていた。

木俣がホテルの社長の部屋へ入って行って、十五分ほどがたっている。

「ここで待っていて下さい」

と、木俣は言って、実加がよほど心細い顔をしていたのだろう、微笑んで見せると、

「大丈夫。悪いようにはしませんよ」

と言ってくれた。

そして、その両開きのドアの中へ入って行ったのである。

五分、十分……。待っている時間は長かった。そして、どんな話になっているのか、考えただけで、実加は胃の辺りがキューッと痛むのを覚えた。

十五分が過ぎたときだった。ドア越しに、

「俺の言うことが聞けないのか！」

という怒鳴り声が聞こえて来て、実加は飛び上りそうになった。

それは明らかに社長が木俣を怒鳴りつけている声だろう。――当然、木俣は実加の仮押えの方が早かったことを社長に訴えているはずだ。

どうなったんだろう……。

実加が祈るような思いで立っていると、そのドアがいきなり勢いよく開いた。出て来たのは、ダブルのスーツの、ずんぐりした男性で、いかにも重役という、このごろには珍しいタイプ。

実加が反射的に思ったのは――この人なら、声、大きそう、ということだった。

その男性は廊下を見渡すと、

「どこにいるんだ？」

と、部屋の中に向って言った。

「あの……」

木俣が顔を出すと、実加の方を見て、「あちらが〈Kプロダクツ〉の北尾さんです」

と言った。

社長らしいその男性は、実加のことなど全く目にとめていなかったので、改めてジロッと見ると、

「おつかいの子か？」

と言った。

そんな風に扱われるのには慣れていたが、ここはそう小さくなってはいられない。

「〈Kプロダクツ〉の北尾と申します」

と、気後れしないよう、自分を励ましながら挨拶《あいさつ》した。「この度は……」

つい、「ご迷惑をおかけして」と言いそうになったが、こっちからそう言ってしまっては、押し切られてしまうだろう、と思い直した。

「ともかく入ってくれ」

と促されて、実加は恐る恐るそのドアの中へと入った。

「そうなんです。真《まこと》に申し訳ないのですが、夕方から大きなパーティが入っておりまして。——ええ、ご無理を承知でお願いなのですが、挙式を午前中にしていただいて、午後三時ごろまでに披露宴を終らせていただくことはできますでしょうか。——そうですか！　そうしていただけると本当に。——はあ、ありがとうございます！　担当の者をすぐ伺わせますので。——そうです。以前もお世話になった木俣という者が。——恐れ入ります」

電話で話している社長の言葉を聞いている内、実加は段々緊張が緩んでくるのを感じていた。

一番広い宴会場を、昼夜で分けて使うことで、話をおさめたのだ。

「——ありがとうございました！」

社長が受話器を置くと、「——まあ、あちらも納得して下さった」

と言った。

「お心づかい、ありがとうございました」

と、実加は深々と頭を下げた。

「まあ……外国のお客が大勢みえるレセプションは、後でプラスになるからな。木俣」

「はい」

「すぐ先方へ行け。何か手土産を持ってな」

「かしこまりました」

木俣について、実加は廊下へ出ると、一瞬立ち止って大きく息を吐き出した。

「大丈夫ですか？」

と、木俣が言った。

「ええ……。こんなに緊張したことなんて……」

「でも、何とか双方丸くおさまって」

「木俣さんのおかげです」

「いや、先に押えたお客様が優先されるのは当然ですからね」

さりげなく言っているが、木俣がどんなに頑張ってくれたか、実加も分っている。

「木俣さん……」

と、エレベーターの中で、実加は言った。

「何か？」

「あの……今度のことで、あなたが何か社内で……」

実加がおずおずと言うと、木俣はちょっと笑って、

「そんなことまで心配していたら、プロジェクトが終るまでにやせ細っちゃいますよ」

と言った。「ご心配なく。こんなことは年中あるんです」

木俣の言い方に、実加は多少の無理を感じていた。

ロビーに着くと、木俣は、

「コーヒーの一杯でも、と思いますが、これから先方へ挨拶に行って来ますので」

と言った。

「はい、もちろん」

「途中、有名などら焼の店に寄るんです」

「どら焼？」

「あちらの社長が甘党でしてね。そこのどら焼が大好きなんですよ」

そんなことまで頭に入っているのだ。実加は感服した。

「それじゃ、私、これで……」

「お休みなのに大変でしたね」

「いいえ！　木俣さん、私……」

つい、そう言ってしまって、後は何を言おうとしていたのか、忘れていた。

「どうかしましたか？」

「いえ……。申し訳なくて。お礼に一度、食事でも……。失礼かもしれませんけど、私に任せていただいて」

木俣は、ちょっと違う目で実加を見ていた。

「——ありがとうございます。しかし、もし食事を一緒にさせていただくなら、私がごちそうしなくては」

「それじゃ、お礼することになりません」

「いや、あなたのような若い女の方と食事できるなら、それだけで充分ありがたいことですよ」

実加はしかし、どっちがおごるかという点はあまり気にしていなかった。それはその場で考えればすむことだ。

ともかく、今の木俣の言葉は、「実加の誘いを断ってはいなかった」のである。

「それじゃ、お時間のあるときに、ぜひ」

と、実加は言った。「ご連絡さし上げてもいいでしょうか」

「もちろん、結構ですとも。お待ちしていますよ」

「はい！」

思わず声が弾んだ。「よろしくお願いします！」

そして実加は、

「あの――私もそのどら焼、食べてみたいです。ご一緒してもいいですか？」

と言いながら、自分でもびっくりしていた……。

12　プラン

「父は今、小康状態だと担当の先生から聞きました」

と、実加は言った。「実際、この前より元気になっているような気がします」

「実加さんのおかげです」

と、祐子が言った。「しばしばお顔を出して下さるので」

「でも、またいつ病状が変るか分りません」

と、実加は続けて、「元気のある今の内に、と思いますけど、祐子さんはどう思います？」

二人は、仕事の帰りに待ち合せていた。

「あの……本当によろしいのでしょうか」

と、祐子が言った。

「父との結婚式のことですか。私から言い出したんですし」

と、実加は言った。

「それが何だか申し訳なくて……」

二人は、北尾雄一の入院している病院に近いハンバーガーショップで話していた。

実加も今日は会社を定時に出ていた。

「これから父と打合せようっていうんですから、そんなに弱気なことを……」

「ええ、それはよく分っているんですけど」

祐子としては、雄一と正式に結婚できるというだけで満足しているので、式まで挙げることにはためらいがあるのだろう。

しかし、二人が飲物を前に話していると、

「そんな、煮え切らないことじゃだめでしょ！」

と、突然叱る声がした。

「まあ、幸世ちゃん」

実加は目を丸くして、「よくここが分ったわね」

「お母さんと二人で病院に来ると、たいていここで食べて帰るから」

そうなのか。確かに、ここでハンバーガーを食べてすませれば、夕食代は安くて済む。

「お母さん、もっとしっかりしてよ」

十歳の娘に叱られて、祐子は聞こえないふりをしている。

実加はつい笑いそうになって、

「でも幸世ちゃん、『煮え切らない』なんて、難しい言葉をよく知ってるわね」

「この間、TVドラマで、浮気してる女の人が男の人に向って怒鳴ってた。『煮え切らない人ね！』って」

「なるほどね」

「もう、そんなことばっかり、すぐ憶えて」

と、祐子は苦笑する。

「でも、幸世ちゃんの言う通りですよ。一度決めたら、迷わずに突き進みましょう」

「そうですね……」

と、祐子も肯《うなず》いた。

「お母さん！　私、チーズバーガー！」

と、幸世は言った。

「幸世ちゃん」

と、実加は言った。「晩ご飯、そんなんじゃだめよ。お姉ちゃんもまだ食べてないの。お父さんのお見舞に行ってから、一緒に食べましょ」

「うん……。でも……」

幸世が母親の方を見る。

「いいのよ」

と、実加は、幸世に言った。「今夜はお姉ちゃんのおごり。幸世ちゃんが働くようになったら、お姉ちゃんにおごってちょうだい」

「うん」

と、幸世は肯いて、「じゃ、それまでつけといてね」

「何だ、一緒か……」

ベッドを少し起こして本を読んでいた雄一は、実加たちを見て言った。

「大変だったのよ、例の会議の会場のことで」

と、実加が手短かに報告すると、

「そうか。頑張ったな」

「頑張ったのは、私じゃなくて、そのホテルの木俣さんって人だけどね」

と、あえて名前を出して、「私、恋しちゃいそうよ、その人に」

「年上か」

「奥さんのいる人。夢の中で恋することにするわ」

父に、それとなく言っておきたかった。同時に、それは祐子が父を愛したことにも重なっている。

「それはそうと――」

と、話題を変えて、「祐子さんも了解してる。早いとこ、式を挙げたら？」

「実加……」

父の目に涙が光っていた。

「だめだめ！　湿っぽいのは嫌いよ。ね、幸世ちゃん？　楽しいことは楽しく決めないとね」

「うん！」

幸世がしっかり肯く。

「そうか。――俺も、一応、担当の先生に訊《き》いた。薬で一時的に痛みを抑えれば、一日、二日なら外泊もできるそうだ」

「なんだ、ちゃんと考えてるんだ」

と、実加は笑って、「祐子さんの希望を聞いてあげて。式場は私が手配する。明日じゃ無理だろうけど、今度の週末でどう？」

何だか、「予約」のベテランになった気分の実加だった。


「結構じゃないでしょうか」

四十代の医師は、実加の話を聞いて、「このところ、目に輝きがありますよ。そういう目標ができることはいいことです」

「よろしくお願いします」

「いや、こちらも何か他の手が打てるといいんですが」

と、医師が顎《あご》をなでて、「実は、今化学療法科の人間と相談してまして。北尾さんが治療に耐えられるようなら、試してみたいことがあると……」

「そうですか。もし少しでも希望が持てれば……」

「よく検討します」

「お願いします。では、今度の週末を目標に、とりあえず……」

実加は、話を聞いていた祐子が、また泣いているのを見て、「幸世ちゃんに叱られますよ！」

と言った……。

決めてしまえば話は早い。

翌日、実加は昼休みにネットで結婚式場を探した。

父が車椅子《くるまいす》で入れる所。そういう対応で評判のいい所を探したのである。

もちろん、料金も問題だし、間近な週末で空いているとなると、そう簡単には見付からない。

せっせと検索していると、

「何だ、君、結婚するのか」

びっくりして振り向くと、いつの間にか社長の加東が後ろに立って、パソコンの画面を覗《のぞ》き込んでいたのだ。

「社長。これ、私[illegible]じゃないんです」

と、あわてて事情を説明する。

「そうか。いやに熱心だと思った」

「自分のときは、もっと熱心に探します」

と、実加は言った。「ああ、もう昼休み終りですね」

と、パソコンを閉じようとすると、

「構わんよ。早いとこ見付けて、君の得意な〈仮押え〉をして来い」

と言うと、加東は実加の肩を軽く叩《たた》いて、「仕事で外出ってことにすればいい。親孝行だからな」

「はい……」

実加は戻って行く社長の後ろ姿を見送って、

「何だか年上にもてるのよね、私って」

と呟いた。

その入口は、ちょっと気恥ずかしくなるような〈宮殿風〉だったが、まあ誰が見ても、

「ここ、結婚式場ね」

と分る方がいいということもある。

太い円柱が左右にあって、正面の扉は広く両側へ開くようになっていた。三段の階

段を上るが、傍に車椅子用のスロープが作られている。

実加は中へ入って行った。

「いらっしゃいませ」

受付の女性に声をかけられて、ちょっと咳払《せきばら》いすると、

「北尾と申します。納谷《なや》さんとお会いする約束が」

「納谷でございますね。お待ち下さい」

受付の女性がすぐに呼んでくれて、

「――ただいま参りますので」

「はい、ありがとうございます」

広いロビーを、ゆっくりと見回す。

ネットで、父と内田祐子の結婚式場を探して、この〈Sパレス〉を見付けた。何しろ今度の週末という急な話で、無理かもしれないと思ったが、ともかく訊いてみた。

電話に出た納谷という女性は、

「お時間が限られますが、それでよろしければ」

と言ってくれた。

ともかく伺います、と実加は言って、すぐにやって来た。――社長の加東からも、

早く予約しろと言われているので、堂々と（?）仕事を抜け出して来たのだ。

カッカッと靴音がして、振り向くとスーツ姿の女性がファイルを抱えてやって来た。

その女性を見たとき、実加は木俣を連想した。仕事柄なのだろうか、感じが似ている。

「北尾様でいらっしゃいますね。納谷と申します」

「お世話さまです」

「こちらへどうぞ」

案内されたのは打合せ用の小部屋だった。

名刺を交換する。――〈納谷清美《きよみ》〉とある。

〈Sパレス・結婚式場主任〉

三十代の半ばくらいか、落ちついた雰囲気の女性だ。

「〈Kプロダクツ〉北尾実加様ですね」

と、名刺を見て、「どうぞおかけに。――お父様の結婚式ということですね」

「はい。今、入院しておりまして、正直申し上げて……」

実加はざっと事情を説明した。

「――そうですか」

「式だけで、披露宴なしで、となると、そちらにはあまり……」

「そんなお気づかいは不要です」

と、納谷清美は微笑《ほほえ》んで、「親孝行でいらっしゃるんですね。私どもも、できる限りお力になりたいと思います」

「ありがとうございます」

実加はホッとした。この人に任せておけば大丈夫、という気がした。

料金や、当日の車の手配など、細かいところまで話をてきぱきとつめて、

「ご新婦様に一度お越しいただいて、よろしければドレスなど、見ていただきたいのですが」

「あ……そうですよね」

これぱっかりは、本人が選ばないと……。

実加はその場で内田祐子に電話して、明日の夕方に〈Ｓパレス〉で待ち合せることにした。

「お子様がいらっしゃるのですね」

「ええ。今、十歳の女の子で」

「お子様も、せっかくですから可愛《かわい》いドレスを。用意がございますから」

「じゃあ、ぜひ」

幸世には内緒にしておこう、と思った。明日、ここでドレスを着せて……。

その光景を想像して、ついニヤニヤしてしまう実加だった……。


「では、明日、また伺います」

実加はそう言って、〈Sパレス〉を後にした。

納谷清美は、正面玄関で実加の姿が見えなくなるまで見送ってから、さっきの打合せをした部屋に戻った。

テーブルに置かれた〈北尾実加〉の名刺を手に取って、少しの間眺めていたが、ケータイを手にして発信した。

「――もしもし。――今、大丈夫？　――あのね、今、〈北尾実加〉さんがここへみえたわよ」

納谷清美は少し間を置いて、「――お父様が再婚されるとかで。ネットでうちを見ていらしたって。あなたの言っていた人でしょ？」

清美はちょっと笑って、

「偶然ね。同業だからね、あなたとは。北尾さんも〈ホテルR〉で式を挙げるほどのお金はないんでしょう。それにお父様は病気で、あまり先がないらしい。——いえ、話の様子でね。だからせめて車椅子で式を、って」

清美はボールペンでメモ用紙に意味のない模様を描いていた。「——ええ、もちろん、できるだけのことは。しっかりやらせてもらうわよ」

清美は椅子に軽く寛《くつろ》ぐと、

「来週は、どこかで時間取れない？——そうね。木曜日なら、外で打合せなの。そのまま帰るようにしておけば。——早くても七時半かしらね。——ええ、分ったわ。連絡してちょうだい」

清美は通話を終えると、実加の名刺をもう一度眺めて、それから引出しの中へ入れた。

13　華やかに

「あの……もうどれでも……」

内田祐子は今にも消えてしまいたい、といった様子で、真赤になっていた。

「どれでも、じゃ向うの人が困るよ」

と、幸世が叱《しか》っている。

二人を見ていると、実加はつい微笑んでしまうのだった。

〈Sパレス〉で、花嫁のためのウエディングドレスを選んでいるのだが、祐子は、

「こんなの、若い方ならいいけど……」

とか、「私なんか、似合いません」

と言って、今にも逃げ出しそう。

ともかく、恥ずかしくて鏡を見る気にもなれないらしい。

「とてもお似合ですよ」

と、ドレスを取っかえ引っかえ出してくれる納谷清美にも、

「いえ、そんな……。私がこんな立派なのを着るなんて、申し訳なくて……」

「――よし！」

と、実加はらちがあかないので、「幸世ちゃん、私と幸世ちゃんで決めちゃおう！お母さんには文句言わせない！」

「うん、そうしよう」

「幸世――」

「お母さんは黙って見てなさい！」

十歳の子にこう言われては祐子もうつむくばかり。

「これ？　──こっちかな」

「可愛いけど、お母さんにはこういう方が……」

──実加と幸世で、あれこれ見た結果、シンプルで、あまり可愛い飾りのないのに決った。

もっとも、それでも祐子にとっては、

「こんな可愛いの……」

と、心配そうだった。

「いいの！　これで決り！」

清美が笑って、

「ありがとうございました。──では、一寸法を測らせますので。当日までに細かい調整をいたします」

「はあ……。どうも……」

祐子は額に汗をかいていた。

「世話の焼ける親だね」

と、幸世が真顔で言ったので、実加と清美はふき出してしまった。

「──さあ」

と、実加が言った。「今度は幸世ちゃんの番だよ」

「私？」

幸世がびっくりしている。

「いつもの服で式に出るつもりじゃないでしょ？」

「でも……」

「お嬢様のは、こちらの部屋です」

と、清美が扉を開けた。

まぶしいほどの明りの下で、大人用ほどの数ではないが、可愛いドレスがズラリと並んでいた。

「え……」

幸世がポカンとしている。

「さあ、どれでも好きなの選んで」

と、実加は言った。「──これかな？　幸世ちゃんのイメージだと、あんまりお人形さんみたいなの、合わないよね。ちょっと大人っぽい感じ？　どう？」

幸世がやっと我に返った様子で、真赤になると、

「どれでもいい……」

と言った。

親子ね。

実加は、しきりに照れる幸世を見ていて、おかしかった。

それでも、少し慣れると幸世は次々にドレスを体に当てたりして、母親よりは積極的になった。そして、三十分ほどかかって、ドレスと靴、髪飾りなどを選んだ。

「お嬢様も、当日早めにお越し下さいね。ヘアスタイルを整えます」

清美の言葉に、幸世は、

「はい！」

と、しっかり肯いた。

三人は、〈Sパレス〉を出ると、歩いて十分ほどのデパートに入った。

デパートの食堂は何でもあって、そう高くない。

エスカレーターで上ろうとして、

「あ、ちょっと」

と、祐子が足を止めた。「幸世、ちょっと来て」

「どこに行くの？」

幸世がふしぎそうに訊く。

祐子は、幸世をアクセサリー売場に連れて行った。

「あのドレスに合うブローチか何かを」

幸世がびっくりして、

「え？　でも……」

「あのドレス、胸のところに何か光るものがないと寂しいわよ」

と、祐子は言った。

「でも――もったいないよ」

「何言ってるの。式を挙げる、って言ったのは幸世じゃないの」

「そうだけど……」

「何も、ダイヤモンドを買おうってわけじゃないわ。何か可愛いデザインのがいいわね」

幸世はニッコリ笑って、

「ありがとう、お母さん！」

と言うと、「自分で決めていい？」

「もちろんよ」

　──実加は、売場から少し離れて、祐子と幸世が華やかなアクセサリーを見て歩くのを眺めていた。

　すると、

「北尾さん」

　その声に聞き憶《おぼ》えがあった。──まさか！

「木俣さん」

　と、振り返った実加は、「どうしてこのデパートに？」

「ブーケなどをここに頼んでるんですよ」

　と、木俣は言った。

　実加は、木俣が手にさげている紙袋を見て、

「あら、それ……」

　実加自身が持っているのと同じ、〈Sパレス〉のロゴの入った袋だったのだ。

「ああ、あなたも〈Sパレス〉に？」

「ええ、木俣さん……」

「同業者ですからね。イベントなどで協力してもらうこともあって。──納谷さんと

いう女性を？」

「はい、父の再婚で、あそこの式場をと思って。納谷さんのこと――」

「知ってます。よくできる人ですよね」

「ええ、本当に！」

実加は嬉《うれ》しくなった。納谷清美について、木俣が自分と同じ印象を持っていてくれると知って、胸がときめいた。

「彼女なら、きっとあなたの希望を叶《かな》えてくれますよ」

と、木俣は言った。「じゃ、私はこれで……」

「はい。またご連絡します」

――連絡って、何の連絡のことを言ったんだろう、と実加は思った。

もちろん、本当は〈連絡会議〉について、まだまだ決めなければならないことが沢山あり、それについて木俣に知らせなければならない。でも、今、実加は、

「いつか食事を」

と約束したことの連絡を、と思っていたのだ。

木俣の後ろ姿は、デパートの人の流れの中に、たちまち消えてしまったが、実加は、またどこかの隙間《すきま》にチラリとでも見えないかしら、と思いながら、ずっと同じ方を見

つめていた。

「──ね、これ、どうかな？」

という声にフッと我に返ると、幸世が可愛いペンダントを胸に当てていた。

祐子たちと夕食をとってから、実加は会社に戻った。〈Sパレス〉で時間を取られているので、仕事がたまっている。

安田しのぶが残って仕事していた。

「ごめんね。私用で出かけちゃって」

と、実加が言うと、

「いえ、ちっとも。私、このリストを作っちゃわないと」

「悪いわね、細かいこと、すっかり任せて」

「楽しんでます」

「そう言ってくれるとありがたいわ」

と、実加は席についた。

安田しのぶは、実際今度の〈連絡会議プロジェクト〉になくてはならない存在になっていた。

ともかく、話が具体的になるにつれ、直接海外と連絡を取らなければならなくなる。

そうなると、「英語が話せる」人間が必要なのだ。

しかし、社内で英語で電話できるのはしのぶ以外いなかったのである。

ある程度の会話ならできる、という人間は何人かいるが、電話で、しかも向うも英語が母国語でない国の人間と話すとなると、よほど慣れていないと聞き取れない。

しのぶは、通っていた学校が、様々な国の生徒たちの集まる所で、その分、なまりのある英語にもある程度ついていけた。

「気のきかない新人」

と、かげ口を叩かれていたしのぶだが、今や、方々から、

「安田君！　ちょっと電話に出てくれ！」

「しのぶちゃん、頼むよ！」

と、引張りだこである。

しのぶも、自分が役に立つと思うと嬉しいのだろう、見違えるように活《い》き活《い》きして来た……。

「あの……」

気が付くと、しのぶが何か言いたげにしている。

「うん？　何かあった？」

「ええと……仕事の話じゃないんですけど」

「いいわよ。何のこと？」

と、パソコンから目を離す。

「実は……残業して三十分くらいしたら、社長がここへみえて」

「加東社長が？」

「ええ」

「私に何か話だったのかしら」

急用なら、実加のケータイへかけて来るだろうが。

「いえ、実加さんがいないの、知ってたみたいでした」

「へえ。それじゃ、何の用で？」

「それが……訊かれたんです、色々と」

「何を？」

「実加さんのことです。『北尾君はどこに住んでるんだ？』とか、『一人暮しなのか』とか……」

「そう……。何なのかしらね」

実加は首をかしげた。

「他にも訊かれました」

「何を訊かれたの？」

「『北尾君には恋人がいるのか？』って……」

少し、微妙な間があった。

「それで――」

「私、よく知りません、って答えました。プライベートなことは聞いてないんです、って」

「それで社長は？」

「そうか、って……。実加さん、あれって、実加さんをデートに誘おうとしてますよ」

「社長が？　よしてよ」

と、実加は苦笑した。

「でも、そうだと思います」

と、しのぶは言った。「あのわざとらしく、さりげないふりをした訊き方。あれって、絶対に――」

「待ってよ」

と、実加は言った。「仕事は仕事、プライベートは別だわ。たとえ社長に誘われても……」

思いもかけない話だった。

本当かね……。

安田しのぶに忠告されても、実加は半信半疑だった。

社長の加東が、実加を「デートに誘おうとしている」とは……。

父と内田祐子の結婚式のために時間を使って、その分、残業しての帰り道。実加は病院に寄ってから、アパートへと急いでいた。

結婚式は、もちろん当の二人と、実加と幸世がいればそれでいいようなものだが、父が古い友人などに一応声をかけたい、と言い出したのだ。

一人招《よ》べば、これもあれもということになる。

「ともかく、五人以内に絞って！」

声をかけても、突然のことだ。出席してくれる人がいるかどうか……。実加としては、連絡するだけでも手間である。

「――そうか」

アパートの部屋へ入って、「お父さんの方だけじゃ……」

祐子さんは知ってるのかしら？

父が知り合いを招ぶのなら、祐子の方も、ということでないと、バランスが取れない。

実加はそういう「公平さ」にこだわる性格だ。いや、子供のころは何かと雑で、姉の千津子に叱言《こごと》を言われたものだが、大人になると、姉妹で似て来たのかもしれない。

着替えをして、お風呂《ふろ》にお湯を入れながら、祐子に電話した。

「――ええ、父がそう言ってるんですけど。祐子さん、どうします？」

「はあ……」

祐子は全く聞いていなかったようだ。

「雄一さんのお友達だけでもいいかと……」

と、祐子は口ごもりながら言った。

お友達。――そう聞いたとき、実加はハッとした。

父は、友人たちに別れを言いたいのだ。おそらく、大部分の人は、父が入院していることさえ知らないだろう。そのまま忘れられてしまうと思うと、やり切れない気持になったのではないか。

「――もちろん、今からだと、連絡のつく人って限られてると思うんですが」

と、実加は言った。「ただ、私は父の友人の連絡先とか、知らないので。祐子さん、分ります？　父にも訊きますけど」

「さあ……。お会いしたこともないし……」

「そうですよね。――年賀状、来てますか？　父宛《あ》てのがあればそれで分るかもしれません」

「はい、年賀状は取ってあります」

「明日、父の病院に持って行ってもらえますか？　私、帰りに寄って、父と相談しますから」

「承知しました。ここ二年分くらいのを」

「お願いします。で……祐子さんも、お友達いらっしゃるでしょう？」

「はあ……。そう何人も……」

「でも、幸世ちゃんを紹介する場にもなりますよ」

そう言いながら、実加は、結局式だけでなく、簡単なパーティをやらなければいけないか、と考えていた。

少なくとも、せっかく来てくれた知人、友人を、話もしないで帰すというのも……。

お金、かかるか……。

〈Sパレス〉の中で、できるだけ安く上げるとしたら、いくらぐらいかかるだろう。

明日、あの納谷さんに相談してみよう。

「私も、何人か招びたい人を選びます」

という祐子の声は、いくらか弾んでいた。

友人、知人に祝福してもらいたい、と思うのは当然だろう。

「じゃ、祐子さんの方のリストを明日、病院に届けておいて下さい。私、それを持って、納谷さんに相談しに行ってみます」

「よろしくお願いします」

――ああ、また用事を増やしてしまった。

このところ、実加は自分で自分を忙しくしていると感じていた。

そう。その辺も姉と似てしまったのかもしれない。

もしお姉ちゃんがいたら、

「私のせいにしないでよ」

と、文句をつけるだろう……。

14　誘われて

「結構ですね」

実加の話を聞いて、納谷清美は微笑んだ。

「急なことで申し訳ありません」

と、実加は恐縮している。

「いいえ。それくらいの人数でしたら、何とかなります」

と、清美はテーブルに平面図を広げて、「一番小さなお部屋でいいでしょう。食事はどうなさいますか？」

「あの……あまり費用をかけたくないので、立食の形に。父は車椅子ですから、他の方は立っていただいて」

「そうですね。人数もまだ……」

「はい。今、確定しているのは父の方が五人と、祐子さんの方が四人です。あと、増えても一人か二人だと思います」

「分りました。それくらいの幅は問題ありません」

会場に飾るお花とか、マイクを使うか、など、細かい点を詰めても、実加としては、青くなるほどの費用にはならなかった。

「――助かりました」

と、実加は礼を言った。

〈Sパレス〉を出て、ホッと息をつく。

ひと仕事終った。いや、父の体調もどうなるか分らないし、式が終らないと安心できないのだが、それは実加がどう頑張っても仕方ないことだ。

「何か食べて帰ろうか……」

と、腕時計に目をやったとき、

「北尾さん」

と呼ばれた。

まさか！――振り向いた実加は、木俣が手を振っているのを見て、目を疑った。

木俣は車に乗っていた。運転席から顔を出していたのである。

「木俣さん、どうして……」

と、実加が車に足早に寄って行くと、

「営業の帰りです」

と、木俣が言った。「そういえば、〈Sパレス〉に北尾さんがいらしてたんだな、と思って、スピードを落としたら、ちょうどあなたが。——乗りませんか」

「でも……」

もう乗ると決めていたのに、実加はためらった。反射的にそうしていたのだ。

「夕飯は？　まだなら、どこか気楽な所で。車ですから、アルコールは飲めませんが」

「あ……。はい、よろしければ」

実加は、「これって夢見てるの？」と思いながら助手席に乗っていた。

「納谷さんから？」

「ええ。あなたのこと、感心してました。お父さんの再婚のために、あんなに一生懸命になれるなんて、とね」

と、木俣は言った。「あ、もっと取って下さい」

大皿のパスタを、実加は自分の皿に取り分けた。——同じ皿から取って食べている。

それだけで、胸が熱くなってくる。

と　う　も　い

若い人向けに流行《はや》っているパスタの店で、店内は少し大きな声を出さないと聞こえないほどにぎやかだ。

「——そうですね。自分でも、何やってるんだろう、って思うことがあります」

と、実加は言った。「でも、父はたぶんもう長くないので。——子供のころは父が大好きでしたし」

実加はそれ以上詳しいことを話したくなかった。同情してもらおうと思っているようには見られたくない。

それに、今はせっかく木俣と二人きりなのだ。もっと楽しい話がしたい。

しかし、木俣の方は、あまりプライベートなことに立ち入りたくないのか、

「〈連絡会議〉の方、準備は進んでるんですか？」

と言い出して、実加をいささかがっかりさせた。

「父の結婚式が終ったら、集中してやります。でも、何から先に手をつけたらいいのか、分らなくて」

「大丈夫ですよ。北尾さんは社長さんを味方につけている」

実加はちょっと面食らって、

「加東社長ですか？　味方といっても……。私なんか、とりあえず都合よく使われて

るだけですよ」

「そんなことはないでしょう」

と、木俣は言った。「私にお電話がありましたよ」

「社長からですか？」

実加はびっくりした。確かに、〈ホテルR〉の担当者ということで、木俣のことは伝えてある。しかし、直接木俣に連絡？

「あの——社長、私があてにならないと思って……」

「いや、そんな用じゃありません」

「それじゃ……」

「本当は言わないでくれとおっしゃってたんですがね」

と、木俣はいたずらっぽく微笑んで、「北尾さんが、自分の結婚式の予約を入れてないかと訊いて来られたんです」

実加がただ呆然《ぼうぜん》としていると、

「どうも、あなたがお父様のために式場をチェックしているのを見られたらしくて」

「ええ、それは……」

「気になったようですよ、北尾さんのことが」

「まさか」

と、思わず実加は呟《つぶや》いた。「社長、本当に……」

「心当りが？」

実加は息をついて、

「何だか……私に『気がある』って、同じ課の女の子が」

「なるほど。たぶんそうだろうと私も思いましたよ」

「どうなってるんだろう！」

実加は急に疲れてしまった。「私、そんな女に見えますか？」

「北尾さん」

と、木俣は言った。「あなたのせいではありませんよ。仕事をきちんとして、これが私です、と見せることです。あなたに辞められたら、〈連絡会議〉は困るでしょう。社長さんも無理は言えないはずです。毅然《きぜん》としてらっしゃい。誘われたら、今はそんな時間はありませんと断ればいい」

木俣の言葉は実加の胸に響いた。

「ありがとう、木俣さん。くよくよしてたってしょうがないですね」

「そうですよ。さ、もっと食べませんか？」

「もう、私……。でも、もう少しなら……」

食欲には少なくとも影響がない実加だった……。

「ありがとうございました」

実加は駅の近くで車を降り、木俣の車がすぐに広い通りに消えていくのを、しばらく見送っていた。

アパートへ帰る道すがら、実加は、

「もし加東社長から誘われたら、どうしよう？」

と、ずっと考えていた。

木俣の言葉に力づけられたのは確かだが、やはり直接社長に誘われて、断るには度胸がいる。

「毅然として、ね……」

言うはやすく、である。

TVドラマの主人公じゃないのだ。誘いをはねつけて、却《かえ》って社長に気に入られる、なんてことは、現実の世界ではまず起らないと思った方がいい。

何といっても実加は雇われている身だ。しかも今の仕事を失ったら、たちまち生活に困ってしまうだろう。

せっかくここまで勤めて来たのだ。そんなことでクビになりたくない。

まあ――差し当りは〈連絡会議〉で忙しいとも言えるが、社長が「そんなことは後回しにしろ」とひと言えば、逆らうわけにいかない。

「やれやれ、だわ……」

いつもの取り越し苦労のくせである。つい、何かあったら、と思う。そして、なまじ昔からこっそり小説など書いていたので、先のストーリーをあれこれ組み立ててしまう。

温泉にでも連れて行かれて、社長と二人、露天風呂に入ったりして……。「月に決った手当をやるから愛人になれ」とか言われて。

うーん、やっぱりいやだ！　せめて、もっと若くてハンサムな人でなきゃ。

「何考えてるの」

と、自分で呆《あき》れている。

アパートへ帰り着くころには、愛人になったとたんに会社が倒産、路頭に迷った実加は公園のベンチで寝る有様で、部屋へ入るとあわててお風呂に入ったのだった……。

「寝不足か？」

病人の父に心配されちゃおしまいだ。

「ちょっと考えごとしてたら寝つけなくて」

まさか、社長に口説かれて、とも言えない。

「やあ、親孝行の娘さんですな」

医師がやって来て、「明後日《あさって》が式ですって？」

「はい。父、大丈夫そうですね」

実際、結婚式をやると決めてから、父の表情に活力が戻った。

「大丈夫ですよ」

と、医師が請け合ってくれた。「看護師を一人付けましょう」

「でも、そんなこと……」

「治療の一つです」

実加は、父にリストを見せて、

「——皆さん、急なことなのに、出席してくれるって」

「どうだ、俺には人望があったと分ったか」

「自慢しないでよ」

と、実加は笑って言った。

そのとき、看護師がやって来て、

「北尾さん、ご面会の方が」

と言った。

「本当だ。人気あるね」

と、実加は言って、病室の入口の方を振り返って——仰天した。

社長の加東が入って来たのだ。

「やあ」

スーツを着ているが、ネクタイは外している。「突然すまないね」

「いえ……。あの……」

実加は当惑顔の父へ、「お父さん、私の勤め先の社長さん。あの——父です」

「これはどうも」

と、雄一は起き上って、「いつも実加がお世話に……」

「どうぞ、寝ていらして下さい」

加東は花束を手にしていた。「いや、娘さんから、この週末に結婚式を挙げられると伺ったので、ちょっとお祝いにと」

「それはどうも……」

「いい娘さんですね。本当によく働いてくれていますよ」

「そうでしょうか。呑気《のんき》な奴《やつ》で」

「いや、特に今は海外を相手に頑張ってくれています。これから大分無理してもらうことになると思いますので、お父さんにも予《あらかじ》めお詫《わ》びしておこうと思いましてね」

「当人も張り切っているようです。せいぜい使ってやって下さい」

「お元気そうで何よりです。——突然思い立ってのことだったので、もうこれで」

加東は花束を実加へ渡して、軽く会釈《えしゃく》すると、病室を出て行く。

実加は花束をテーブルに置いて、あわてて後を追った。

「——社長」

「びっくりさせてすまん」

「いえ……。ありがとうございました」

礼を言ったものの、他にどう言えば……。

「ともかく、おめでたいことだな」

と、加東は言った。「何なら少し君も休みを取ったらどうだ。お父さんのことで大変だろう」

「いえ……。とんでもない。〈連絡会議〉の方が待ったなしです」

「そうか」

加東は笑って、「お父さんも真面目《まじめ》そうな人じゃないか。君も似たんだな」

「さあ……。あの……自分の結婚のときに、しっかり休ませていただきます」

つい、加東を刺激するようなことを言ってしまった。

「分った。まあ、そのときは早めに知らせてくれ」

エレベーターが来て、扉が開いた。

「こちらで失礼します」

実加は加東がエレベーターに乗って、扉がゆっくり閉る間、ずっと頭を下げていた。

「——疲れた！」

と、大きく息を吐く。

病室に戻ると、

「知ってたのか？」

と、雄一が訊《き》く。

「まさか！　知ってたら言うよ」

「そうだろうな」

「ワンマン社長だから、気まぐれなの」

と、実加は言った。「それで――迎えに来るのは何時ごろがいい？」

――加東が突然やって来たのは、実加への下心あってのことだろう。「下心」と言っては悪いかもしれないが、これで食事にでも誘われたら、断れない。

まさか……そう唐突に温泉旅行ということはないだろうが。

それに、もう一つ心配なのは、このことが社内に知れ渡ることだ。今でさえ、実加のことを、

「図々《ずうずう》しい」

と、舌打ちするように眺めている秘書課の女性たちなど、どう思うか。

実加に全くその気がなくても、

「社長に甘えて、いい思いをしている」

と言われるのは分り切っている。

でも、きっと……。社長は自分から、

「北尾君のお父さんを見舞って来たよ」

と、周りにしゃべるに違いない。

やめよう、やめよう！　そんなことより、今は父と祐子の結婚式を無事に終らせる

ことだ。

その先のことは、またそのときに心配しよう……。

「お父さん！」

病室に明るい声が響いて、幸世が小走りにベッドの方へやって来た。

「やあ、来たな」

雄一が幸世の頭をなでる。

「もう！　赤ちゃんみたいにしないで」

と、幸世が楽しそうに文句を言った。

祐子もやって来ていたので、実加は、

「幸世ちゃん、お父さんのお相手しててね。お母さんとお話ししてくるから」

と、祐子を促して廊下へ出た。

廊下の奥の休憩所で、当日の具体的な予定について打ち合せる。

「――今でも何だか、フッと目が覚めて、全部夢だった、ってことになるんじゃないかと……」

と、祐子が言った。

「花嫁さんがそんなこと言ってちゃ」

と、実加は持っていたファイルを開けて、「小さい部屋ですけど、一応この図面のような感じで、テーブルの間は車椅子《くるまいす》が充分通れます」

実加は説明しながら、祐子が涙ぐんでいるのを見て、当日はどうなっちゃうんだろう、と心配になった。

泣かないのは幸世一人、ということになりそうな、そんな予感がしていた。

15　ケーキの味

　結局——。

「一番地味なのって、私？」

　と、実加は呟いた。

ただし、心の中で、である。

結婚式場〈Sパレス〉の中のチャペルで、今、車椅子の父、北尾雄一と内田祐子の結婚式が行われていた。

　もちろん、本当の教会ではないので、パイプオルガンの代りに電子オルガンが厳かに鳴り響き、ステンドグラスから差し込む光は、明るい外の光でなく、人工の照明だったが、しかし、どれもそれなりによくできていた。

そして、ただでさえ、これが病人かと思うほど血色の良くなった父と、いつもは申し訳なさそうに顔を伏せがちにしている青白い祐子が、どっちもポッポとゆで上りそうなほど真赤に上気した顔で、牧師の前で誓いの言葉を述べていたのだ……。

タキシードに蝶《ちょう》ネクタイの雄一は、ずっと遠い昔、実加が甘えていたころの面影を映していた。そして、祐子は――あんなに、

「私なんか……」

と照れていた割には、堂々とウエディングドレスを着こなして、雄一の傍にすっくと立っていたのだ。

可愛《かわい》いピンクのドレスの幸世。まあまあお洒落《しゃれ》なスーツの実加……。

式も、もちろんそう長くはないので、今日招待に応《こた》えて参列してくれている父の友人、祐子の知人たちも、引き続きパーティに出席する予定だ。

そして――ゆうべ電話でたまたま話して、

「私も出る！」

と言い出した長谷部真子まで、実加の隣で涙ぐんでいたのである。

実加は父の背中を見ながら――車椅子ではあったが――謝っていた。

「お母さん、ごめんね……」

と。

あの冷たい雨の中で寂しく息を引き取って行った母。そうさせた父への怒りと恨みは、すっかり消えたわけではない。

でも——お母さんも分ってくれるよね。

あと人生をわずかに残しただけの父に、小さな幸せと満足を許してあげること。お母さんも、きっと……。

拍手が起った。父の車椅子を祐子が押して、人々の間を進んで来る。

父の頬に涙が光っていた。でも、意外なことに、あの泣き虫の祐子は目を潤《うる》ませてはいたが、泣いてはいなかった。

むしろ、実加の方がこみ上げる涙を抑えるのに必死だったのである。

パーティは、別に進行役がいるわけでもなく、雄一と祐子がそれぞれの知人、友人と話し、写真を撮って、和やかに進んだ。

実加は、会場の入口に、納谷清美の姿を見付けて、歩いて行くと、

「お世話になって……」

と、礼を言った。

「とんでもない。とてもいいお式でしたね」

いつものスーツ姿の清美は、微笑《ほほえ》んで言った。

「見てて下さったんですか？」

「もちろんです！　つい泣いてしまいました。——きっと今日のことは忘れられないと思いますわ」

「そうおっしゃっていただくと……」

実加は談笑している父の方へ目をやって、「父が本当に嬉しそうで」

「お父様、ずいぶんお元気そうで。ご病気とは思えないですね」

「ええ。私より長生きするかもしれません」

と言って、実加は笑った。

清美は会場の中を見渡すと、

「そろそろいいかしら」

と言った。

「え？」

「〈Sパレス〉からのプレゼントです」

清美が合図すると、立派なウエディングケーキが、清らかな音楽にのって入って来た。

おお！　まあ！　――声が上って、拍手が起きた。

「本日はおめでとうございます」

清美が、よく通る声で言った。「私どもから、北尾雄一様、祐子様へのささやかなプレゼントです」

ケーキが会場の中央に据えられると、雄一と祐子が戸惑いながらも照れ笑いをして並んだ。

「では、お二人でケーキにナイフをお入れ下さい」

清美が、リボンを結んだ長いナイフを手渡した。

二人は照れたように微笑むと、一緒にナイフを持って、ケーキの中央に当てた。

「待った、待った！　カメラだ！」

父の友人が声を上げ、デジカメを持って来ていた一人が、ケーキと二人を正面から捉《とら》えて、

「よし、いいぞ！」

ケータイで撮る者ももちろんいる。――結局、ナイフはケーキの中にずいぶんとど

まっていた。

「──いいわねえ」

と、長谷部真子が涙を拭《ふ》きながら、「私もやったんだ、あんなこと」

「これからだってあるよ」

と、実加は言った。

「もうこりごり。──結婚なんてするもんじゃない」

「言ってくれるわね」

と、実加は笑った。

清美が、

「では、このケーキはカットしてお持ち帰りいただきます」

と言って、ワゴンを押して行った。

「納谷さん。ありがとうございました」

と、会場を出たところで、実加は礼を言った。

「いいえ、これぐらいのこと」

清美はニッコリ笑って、ケーキを運んで行った。

「──素敵な女性だね」

と、真子が言った。「この人？」

「うん。色々無理聞いてもらった」

「いいじゃない。シャキッとして。私が男なら惚《ほ》れるね」

「そうかな……」

男なら……。木俣さんも惚れるだろうか？

「お姉ちゃん」

と、幸世がやって来て、実加の手を引張った。

「うん？」

「呼んでるよ、お父さん」

「あ、はいはい」

司会者がいないので、父が疲れない内に、パーティを終らせようと思っていた。

「お父さん、そろそろお開きにする？」

と、実加は訊いた。「くたびれたでしょ」

「何だ？　まだやっと一時間くらいしかたってないだろ」

「一時間半だよ」

「まだいい。せっかく来てくれたみんなに失礼だ」

「でも……。後で疲れが出るよ」

「大丈夫だ。そんなことより、祐子が……」

「祐子さんがどうしたの？」

父の視線を追って振り向くと、祐子が花束を抱いて立っていた。

「実加さん。――ありがとう。私の気持を受け取って」

「そんな……。おかしいですよ、私にお礼なんて」

「もらってやってくれ」

と、雄一が言った。「花束じゃ平凡だと思ったが、他に思い付かなかったんだ」

「うん……。それじゃ」

花束を受け取ると、思いがけず全員が熱心に拍手してくれた。

「どうも……。皆さん、今日はありがとうございます」

何だかついでのように礼を言っていた。

実加は、拍手してくれている幸世の方へ目をやった。

そのとき――実加は自分が千津子になったような気がした。

私の妹がここにいる。

千津子も、頼りない妹を見る度、こんな気持になっていたのだろう。

実加は花束を左手で抱いて、サッと右手を幸世の方へ伸した。

幸世が駆け寄って来て、実加の手をしっかり握った。

「お姉ちゃん」

「うん。家族だね」

と、実加は言った。

小さな手は、びっくりするほどの力で握りしめて来た。

パーティが終って、実加はやっと息をついた。

「じゃ、またね」

と、真子が手を振って、雄一の方へ、「おめでとうございます！」

と、声をかけて行った。

付き添って来てくれた看護師が、父の血圧を測っている。

「――少し高いけど、大丈夫ですね」

一旦《いったん》、病院に戻るか、今日一晩外泊するか、父の疲れ方で決めることにしていた。

祐子がスーツに着替えて来る。

「私、会場見てくるから」

実加が会場に戻ると、もう手早く片付けられて、ほとんど空だった。

「お疲れさまでした」

と、清美がやって来て言った。

「色々ありがとうございました」

「いえ、これが仕事です」

と、プロの笑顔になる。

「あの——では、精算を」

「かしこまりました。振り込んでいただいてもよろしいですが」

「いえ、払って行きます。夜逃げしちゃうかもしれません」

と、実加は言った。

オフィスへ行って、実加は詳細な請求書を見せられた。

「あの……これでいいんですか？　伺ってたより……」

「少しサービスさせていただきました」

「でも……。ありがとうございます」

少しでも安く上れば、助かる。

「その代り——」

「は？」

実加は何とも言えず、ただ照れていた。

ロビーに出ると、父も祐子に手伝ってもらって、タキシードから着替えていた。

そして、そこへ、

「やあ、無事終りましたか」

と、木俣が入って来たのである。

「木俣さん！　わざわざ……」

「いや、どうしたかと思いましてね」

実加は清美の心づかいに感謝していることを話して、それから父を紹介した。

「――実加がお世話になって」

と、雄一は言った。

木俣は話を聞いて、

「――それは結構ですね。いや、北尾さんより私の方がよっぽどくたびれて見えるでしょう」

「本当に」

と、清美が加わって、「北尾さん、どこに泊まられるんですか？」

「いや、自宅に一晩泊って、明日は病院へ戻ります」

「じゃ、〈ホテルR〉にお泊りになれば？」

「それがいい。車椅子の方が使いやすいように改装した部屋があるんです」

と、木俣がすぐにスマホで空きを確認する。

「お父さん、どうする？」

「しかし、お前……」

「ずいぶん安くしてもらったから、ここ。一晩ぐらいぜいたくしなよ」

と、実加は言った。「幸世ちゃんは今夜お姉ちゃんの所に泊る。いいでしょ！」

「うん！」

バタバタと決ってしまい、とりあえず、祐子が一泊するのに必要なものを取りに行くことにした。

「ミニ・ハネムーンだ」

と、実加が笑って言ったが――。

実加のお腹《なか》がグーッと鳴った。

「忘れてた。何も食べてなかった、私！」

その夜、お風呂に入ってから、幸世はアッという間に寝入ってしまった。

やはり、幸世なりに疲れていたのだろう。

実加は少しのんびりお風呂に入り、それからパジャマ姿で、〈Sパレス〉から持って帰ったケーキを食べた。

「おいしい……」

甘さを控えめにしてある。

幸世は布団《ふとん》で寝息をたてていた。

川辺さつきが一緒にいたので布団はある。

明日は日曜日だ。——実加も欠伸《あくび》が出た。

「さあ……」

ともかく、ひと仕事終ったのだ。

来週からは、〈連絡会議〉の仕事に本気で打ち込まなければ……。

そう。——社長の加東のこともあるが。

「それどころじゃないや」

と、実加は呟いた。

ともかく――明日はゆっくり寝ていよう。

布団へ入ろうとして、幸世の方を見ると、派手に掛け布団をはねのけている。

実加はつい笑って、きちんと掛け直してやると、自分の布団に潜り込んだ。

――お父さんと祐子さんは〈ホテルR〉の部屋で、ゆっくり過しているのだろうか。

それともくたびれて眠ってしまっているか……。

「ま、いいや。――おやすみ」

と、暗い部屋の中に向って呟くと、実加は目を閉じた。

暗がりの中に、ふと姉の姿を見たような気がした。もちろん、目を閉じているのだから、そんなわけはないのだが。

そして――たちまち、実加は眠りに落ちて行った……。

16　汗と涙と

レセプションは、〈ホテルR〉の最上階で華やかに開かれていた。

会場の前の受付に立って、実加は深々と息をついた。

やっと……。やっと終った。

実加は新しいスーツを着ていた。見た目はほとんど変らないだろうが、当人の気持の問題だ。

懸命に取り組んだ〈連絡会議〉の最後を飾るレセプションに、これを着ようと思っていたのである。

本来なら開幕のときに開くレセプションだが、参加者が揃《そろ》わないことが分って、終りに持って来た。

日々の会議、会談、討論……。

どれもこれも、初めてのことばかりだ。

手を付けたときは途方にくれていたが、ともかく始めるしかない、と心を決めた。

日々は過ぎ、何とか最終日を迎えたのだ……。

「実加さん！」

と、安田しのぶが小走りにやって来た。

「どうかした？」

「今夜、ホテルをチェックアウトする方がいらして。参加費を払いたいとおっしゃってるんですが」

「え？　まだ払ってらっしゃらないの？」

「ええ。他にも何人かいるようです」

「困ったわね！　じゃ、経理の人連れて行って。中にいるでしょ」

「分りました！」

安田しのぶは、英語ができる唯一《ゆいいつ》のメンバーで、正にこのイベントの主役と言っても良かった。

今日のレセプションには、プロの通訳を頼んで、会場での会話を助けてもらっている。

——実加と安田しのぶの二人は、ほとんど連日帰りが夜中になって、よく体がもったと自分たちで感心していた。

「終ったら倒れるわね」

と、よく言い合っているが、今のところは大丈夫だ。

しのぶが戻って来て、

「実加さん、何か食べた方がいいんじゃないですか？　お腹空《す》いてるでしょ」

このプロジェクトの間に、二人は、「実加さん」「しのぶちゃん」と呼び合うようになっていた。そして、いかにも頼りなく思えた二人のコンビは、少しずつではあるが、きちんとリーダーシップを取るようになっていた。

「いえ、大丈夫。これが終るまではともかく」

と、実加は言った。

レセプションは二時間の予定が三十分以上延びている。

ずっと受付に立っていて、腰が痛くなっていたが、それもこれも、すべてが終れば……。

「——北尾君」

加東が会場から出て来て、「そろそろ終る。入ってくれ」

「はい」

「おい、安田君、君もだ」

「え？　はい！」

加東について入ると、会場内はほぼ静かになって、壇上のマイクの前に加東は立った。

「本日をもって、今年度の〈連絡会議〉は最後となります」

しのぶが、そばに立って通訳する。——プロの通訳が何人かいるのに。

「私どもの対応、議事進行など、ご満足いただければ……」

言い終らない内に拍手が起った。

「この〈連絡会議〉を実現できたのは、我が社の若い二人の女性のおかげです。紹介します。ミス・ミカ・キタオ。ミス・シノブ・ヤスダ」

実加も壇上に上らされて、暖かい拍手を送られた。

実加は二、三度頭を下げると、あわてて壇から下りたのだった。——私は事務方。縁の下の力持ちなのだ。

会場から小走りに出ると、

「ああ、参った！」

と、汗を拭《ぬぐ》った。

しのぶも追いかけて来て、

「何なんでしょうね？　前もって言っといてくれたらともかく……」

と、息を弾ませた。

「通訳、いいの？」

会場から、加東の挨拶《あいさつ》が聞こえてくる。

「いいんです。プロに任せて来ました」

「そうよね。そのためにお金払ってるんだもの」

「社長なりに気つかってるつもりですかね」

「たぶんね」

実加は、加東がどう思っているのか、〈連絡会議〉に専念している間、考えたこともなかった。

それどころじゃない！

「しのぶちゃん、終ったら休み取るんでしょ？」

「ええ、来週。でも、大丈夫ですか？　実加さんは……」

「気にしないで。休めるときに休まないと」

「すみません」

「私だって休むわよ。しのぶちゃんが戻って来たら」

正直、〈連絡会議〉が終っても、暇にはならない。すべての費用を出して、全体でいくらぐらい使ったのか、そして会議の内容についてもレポートを出すのだ。

もちろん、実加が書くわけではないが、それぞれ担当の課長に原稿の催促をすることになる。日ごろ、文章など書いていない面々に書かせるのは大変だろうと想像できた。

しかし、記憶がはっきりしている間でないと、ちゃんとしたレポートは書けない。レポートが揃ったところで、英訳して各国へ送るのだ。——果たしてできるのか？

と　う　も　い

実加は、終ろうとしているレセプションを、そっと覗《のぞ》いた。

ちょうどすぐ近くに、課長の友成がいた。実加に気付くと、

「やあ、ご苦労だったな」

と、上機嫌で、「うまく行ったじゃないか」

自分は何もしないで逃げ回っていたくせに、とおかしくなったが、

「お疲れさまでした」

と、ていねいに言ってやった。「皆さんのおかげです」

実加が集めたメンバーは、初めの内、やる気があるのかないのか、苛々《いらいら》させられたが、間近になってくると、そこは日本のサラリーマンで、急に張り切り出したりして、実加を面食らわせた。

まあ、ともかく無事に終ったのは何よりだ……。

会場が拍手に包まれた。

実加はあわてて受付に戻った。会場を出る参加者たちを見送らなければならない。

「ありがとうございました」

と、何十回、何百回とくり返し、各国の参加者を送り出す。

さすがフランスやドイツの男性は、実加たちにニッコリ笑って、中には実加の手を

握ったり、手の甲にキスして行くきざな参加者もいた。

「——ご苦労」

と、加東が出て来て、「ちょっとドイツのメンバーと話がある。安田君、一緒に来てくれ」

「は……。ドイツ語できませんが」

「英語でいいんだ」

「分りました」

しのぶが加東について行く。

プロの通訳はレセプションの間だけの契約なのである。

「お疲れさまでした」

ホテルの担当者に礼を言って、すっかり空っぽになった会場へ入る。

「——お疲れさま」

木俣がいつの間にかそばに来ていた。

「あ……。ありがとうございました」

「いや、よくやりましたね」

「はあ……」

木俣とは、結局お礼の食事の約束さえ果たせていない。とてもそんな時間は取れなかった。

手早く会場の片付けが始まり、実加と木俣はエレベーターホールへ出た。

「その後、お父様はいかがです？」

と、木俣が訊いた。

「あ、そういえば、何のご報告もしなくて。――おかげさまで、何だかいやに元気です」

「それは良かった」

「この仕事が終ったら、担当のお医者様と治療方針の相談を。何だか、新しい薬が使えそうだということで」

「いい話ですね」

そう。――本当に、父は祐子と正式に結婚したせいか、あの式の後も疲れを見せることもなく、今は、「少しでも長く生きたい」と思っているようだった……。

木俣のケータイが鳴って、

「はい。――あ、どうも」

木俣がちょっと離れて、「うん、それは構わないけど……」

実加は、もちろん聞き耳を立てていたわけではないが、ホールが静かなので、木俣が出たとき向うの声が一瞬洩《も》れ聞こえた。

あの声……。〈Sパレス〉の納谷さんじゃないかしら？

声そのものというより、しゃべり方のトーンが、似ていた。

いや、納谷清美が木俣へかけて来てもふしぎはない。しかし、木俣の話し方は、いつも仕事で話しているときとずいぶん違う。

今は、「親しい友人」と話している感じである。それとも——「恋人」と？

そのときになって、実加は初めて本気で木俣と納谷清美の間について考えた。

同業者とはいえ、あの話し方、付合い方は……。

もしかすると、本当に……。

実加は、電話で話している木俣の後ろ姿へ目をやって、ちょっと複雑な思いが湧《わ》き上ってくるのを感じていた。

片付けをしている会場から、ホテルの担当者が出て来て、

「あの——お客様の忘れ物だと思うんですが」

と、実加に声をかけた。

「はい！」

電話で話している木俣の方に気を取られていた実加は我に返った。

「このスカーフですが、テーブルの間に落ちていて」

独特の柄のスカーフで、見覚えがあった。たぶん、ドイツから来た女性が身につけていたものだ。

「ありがとうございます。分ると思います。お返ししておきます」

と、実加はスカーフを受け取って言った。

確か、加東がドイツのメンバーと話をしているはずだ。

「――やあ、失礼」

と、電話を終えた木俣が戻って来た。

「私、持ち主にこれをお渡しして来ます。たぶんラウンジにおいでだと思うので」

と、実加はちょっと早口になった。

「分りました。ここはもう大丈夫ですよ」

「では……」

実加はラウンジへと急いだ。

スカーフのことで、急いでいたわけではない。何だか、木俣から離れたかったのである。

木俣と納谷清美の間を疑っている気持が、顔に出ていないかと気になったのだ。そんなことを考えるのは失礼だろう。

本当はどうなのかはともかく、考えてはいけないことだ。大体、そんなことを気にする資格は自分にはない。

資格？——何の資格？

エレベーターで一人になると、実加はホッとした。胸が騒いだ。

私は嫉妬《しっと》しているんだろうか？

そうに違いないことは分っていたが、認めたくなかった。私はそんな立場ではないのだ……。

実加は、スカーフのことで声をかけられるまで、ケータイで話している木俣を見ていた。木俣は話しながらどんどん実加から離れて行った。

それはどう見ても、「実加に聞かれないため」だと思えた。単に仕事の話なら、聞かれても構わなかったはずだ。でも……。

そんなことを気にしている自分に、いや気がさしながら、実加はロビーフロアでエレベーターを降りると、ラウンジへ向った。

奥のテーブルで、加東が数人の外国のメンバーと話していた。

加東が実加に気付いて、

「やあ、どうした？」

と言った。

「このスカーフ、お忘れかと思って」

五十がらみのドイツ人女性は、真赤なスーツがよく似合う、がっしりした体つきの人だったが、実加が手にしたスカーフを見ると、

「オー！　サンキュー！」

と、嬉《うれ》しそうに立ち上り、「サンキュー！　ダンケシェーン！」スカーフを受け取って、実加を抱くと、頰っぺたにキスした。

実加は赤くなって、

「いえ……どうも……」

つい日本語で言ってから、「お邪魔しました」

と、あわててラウンジを出た。

ホッと息をついて、あのドイツの女性の、喜びを素直に表わした様子が羨《うらやま》しいと思った。

日本人は感謝するにしても、ああはしないだろう。

ああいうことが、ごく自然にできる。習慣の違いとはいえ、それだけでもないように実加には思えた。

女はおとなしく、余計な口を出さず、男を立てて。——そんな空気に、誰もがなじんでしまっている。

エレベーターから木俣が降りて来て、実加には気付かずにフロントの奥へ入って行った。

私がもし、木俣に真直《まっす》ぐ向いて、

「あなたのことが好きなんです」

と言ったら——。

もちろん、そうは言わないに決っている。でも、言いたいことをはっきり言って、それで拒まれたら諦《あきら》めればいい。辛《つら》くても、きっと耐えて、立ち直れる。

「いやだ。——何考えてるんだろ」

と、口に出して呟《つぶや》くと、実加はクロークに預けた自分のコートやバッグを取りに、最上階へと戻って行った。

「お父さん」

と、実加が声をかけると、ベッドに起き上っていた北尾雄一は、

「やあ」

と、見ていたノートパソコンを閉じた。

「いいの、そんなことしてて？」

と、実加は苦笑した。

「ビジネスのニュースを眺めてると愉《たの》しいんだ」

「祐子さんは？」

「うん、さっき帰った」

雄一は実加のスーツ姿を見て、「今日は確か……」

「最後のレセプションだったの。無事終った！」

「よくやったな」

「くたびれた！――でも、後の処理もあるからね」

と、ベッドの脇《わき》の椅子にかける。

「そうだ。大きなイベントというのは、前と後が大変なんだ」

「でも、今夜はぐっすり寝るよ」

「そうだな」

と、雄一は笑みを浮かべて、「――しかし、終ってしまうと、あの男性とも会わなくなるんじゃないのか」

「え？――木俣さんのこと？」

「ああ。好きなんだろ」

「そんなこと、憶《おぼ》えてるんだ」

と、実加は苦笑した。「奥さんも子供もいる人だよ。そんな面倒な恋、ごめんだ」

そう言いながら、父と祐子のことを思った。もちろん、父も分っているだろう。木俣に、三つ四つ年下の奥さんと、幼稚園の男の子がいることは、〈ホテルR〉の人の話で知った。ときどき、〈ホテルR〉の中華料理を家族で食べに来ている、とも聞いた。

それだからといって、別に実加の気持が変わったわけではない。当然そうだろう、と思っていた通りだったわけで。――そうそう、木俣の奥さんは〈ホテルR〉のフロントにいた、評判の美人だったそうだ。

だから――納谷清美との仲については、気になっていた。

名も知らない木俣の奥さんのことも、納谷清美のことも、あまりに自分とは別世界の人のようで、胸の痛みを覚えながらも、実加はこのままでいいと思っていたのである……。

「――え、何？」

父の言葉を、ぼんやりしていて聞いていなかった。「ごめん、ちょっとボーッとしてて」

「疲れてるんだ。帰って休め」

「うん。でも、今……」

「新しい薬を使った治療を始めることになったんだ。体力が大分ついて来たようだ、ってことでな」

「良かったね！　いつから？」

「来週からだ。少し金はかかるが、まあ何とか貯金でまかなえるだろう」

「費用がね……。私にも言って。もし必要なら」

「ありがとう。しかし、お前に甘えるわけにもいかん」

「大して持ってないよ、甘えられても」

と、実加は笑って言った。「じゃ、また来るね」

「ああ……。よく休めよ」

実加は病院を出て、夜空を見上げた。

もう風は冷たい。——一年、アッという間だな。

何だか、本当にイベントが終ったのかどうか、信じられないようで、「これって夢じゃないの？」などと自分に問いかけながら、実加は夜道を歩き出した……。


ついウトウトしていた。


アパートに戻って、お風呂《ふろ》にお湯を入れながら、

「寝ちゃいけない……」

と呟いている内、フッと眠りかけて——。

ケータイの鳴る音でハッと目が覚めた。

「——あ、もしもし」

木俣からだった。あわてて出たが、

「どうも。あの——ちょっと待って下さい！」

あわててお風呂を見に行く。お湯が入ると自動的に止って、チャイムが鳴る、なんてモダンなお風呂じゃない。

「良かった！」

まだ溢《あふ》れていなかった。お湯を止めて、

「すみません！　お風呂にお湯入れてたら、眠っちゃって。助かりました」

「それは良かった。少しは役に立ったわけだ」

と、木俣が愉快そうに言った。

「少しなんて……。本当に色々ありがとうございました」

と、実加は言った。「木俣さんには、お世話になりっ放しで」

「いやいや」

木俣はそう言って、「今は――一人？」

「ええ」

「どうかな。約束の食事でも……」

「はい！　喜んで」

とは言ったものの、「でも、お店をよく知りません。木俣さんの方で選んで下さい。

もちろん私に持たせていただいて……」

少し間が空いた。実加はちょっと不安になって、

「あの……。今、大丈夫ですか？」

どこからかけているのだろう。家から？

まさか。——奥さんが聞いているかもしれないというのに？

「——北尾さん」

木俣の声が、少し変っていた。

「はい」

「どうかな。もし、あなたがいやでなければ、週末に一泊しませんか。いいホテルがある。眺めのいい、山の奥のね」

実加の眠気がいっぺんに飛んで行った。

それは明らかに「浮気の誘い」だ。

これって、夢かしら？——実加は部屋の中を見回した。

木俣のその言葉を待っていたはずなのに、いざ現実に聞くと、どう答えていいか、分らなかった。

「いや、無理にと言ってるんじゃない」

と、木俣は言った。「もしかして、あなたもそんなことがあってもいいと思っているかと……。僕のうぬぼれかもしれないが」

「いえ、そんな……」

と、実加は言った。

「あまり深刻に考えることはないと思うよ。あなたも、子供じゃない。人生を楽しむことを少し覚えたらどうかな、と思うんだ」

木俣の口調が、少しずつ柔らかく、軽くなって来た。実加が怒ったり、即座に拒んだりしないと分ったからだろう。

人生を楽しむ。——そうだ。大人同士の付合い。

お互いにそう納得していれば、誰にも迷惑はかからない。

「木俣さん……」

それでも、やっと押し出すように言った。「私なんか、あなたの興味の対象になるんですか？」

「ならなければ、誘ったりしないよ」

「ええ……。それなら……」

「じゃ、ＯＫだね」

実加は、一呼吸して、

「ＯＫです」

と言った。

17　未明

いつから聞こえていたのか……。

「え？　――何かしら？」

やっと眠りから覚めて、布団に起き上った。

今のは――夢の中？

そうではなかった。玄関のドアを、トントンと叩《たた》いている音だ。

今……何時だろう？

目覚し時計を見て、当惑した。三時半になるところだ。真夜中である。

叩く音は、くり返されていた。

こんな時間に……。用心しながら、それでも放っておくわけにいかず、布団から出ると、パジャマの上にカーディガンをはおる。

そっと玄関の方へ寄って、

「どなたですか？」

と、小声で訊《き》いた。

ノックする音が止って、

「実加さん……」

と、声がした。「ごめんなさい」

「――さつき？」

同居していた後輩の川辺さつきである。

急いでドアを開けると、

「ごめんなさいね……」

「いいから、入って！――そんな格好で」

と言ったのは、コートをしっかり抱きしめるようにはおっているが、下は下着で、裸足《はだし》にスリッパをはいていたからだ。

「入って。さあ。――待って、ストーブ点《つ》けるから」

明りを点けると、青ざめた顔のさつきが、まぶしげに目を細くした。

「あの……」

と言いかけるさつきへ、

「話は後。さ、布団をかけてあげる。足が冷たいでしょ。ストーブの方へ」

「ありがとう……」

小刻みに震えていた。

「歩いて来たのね」

「うん……。二時間ぐらい」

凍えるはずだ。少したためらったが、

「今、お風呂にお湯を入れるから。少し待って」

こんな夜中ではあるが、冷え切ったさつきの体はストーブ一つでは暖まるまい。

お湯を入れるのに、あまり音をたてないよう、バスタブのふたを斜めにして、お湯を受けるようにした。

「——じき、お湯が入るから。ともかく入って、暖まってね」

「ごめんね……」

「いいわよ。私の下着とトレーナー、出しとくから」

バスタブに半分ほどお湯が入ったところで止めて、さつきを呼んだ。

裸になって、お湯に身を浸すと、さつきは大きく息をついて、

「ああ……気持いい！」

と言った。

「ゆっくり入って」

　実加はドアを閉めた。

　——しかし、少し落ちつくと、実加もどうしていいか、困ってしまった。

　土曜日の朝だ。——今日、木俣と一泊旅行に行くことになっている。

　実加は、もう出るばかりに、バッグも詰めて仕度していた。木俣が朝の十時ごろ、車で迎えに来ることになっていたのだ。

　今日はゆっくりドライブして、「紅葉には遅いかもしれない」と言われていたが、山の湖に面したホテルに夕方着く予定だった。

　まあ、さつきはここで暮していたわけだし、一人で置いて行っても大丈夫だろうが。

　あの格好は……。あのインストラクターの白倉と、まだズルズルと続いていたのだろうか？　奥さん——紀子といったか。白倉を巡って、喧嘩《けんか》にでもなったのだろうか。それとも、別の男と……。あれ以来、さつきから何も連絡がなかったので、母親の所へ帰って、落ちついているとばかり思っていたのだ。

　いや、〈連絡会議〉の仕事に追いまくられている間、さつきのことは全く頭に浮かばなかった。

本当なら、こんな時間に押しかけて来るさつきに、文句を言ってやってもいいのだが、そこはたった一年でも後輩のことだ。何かと心配になってしまう。

実加は、お風呂場の外のカゴに入っていたさつきの下着を、洗濯機へ入れておこうとした。

そして……。

「おいしい……」

インスタントラーメンを、さつきはせっせと食べて、ニッコリ笑った。

「やっとさつきらしくなったね」

と、実加は言った。

「――ごめんね」

さつきは器をきれいに空にしてしまうと、小さく肯《うなず》くように頭を下げた。「いつも迷惑ばっかりかけて……」

「別に大したことじゃないけど。――ね、何があったの？」

「うん……」

と、さつきは目を伏せて、話したくない様子。

「どうしても、ってわけじゃないけど、あんな格好で夜中に来られたら心配するじゃない」

「そうだよね。――あ、もう朝になっちゃう」

「布団、あんたのがあるから、寝てていいのよ。ただね、今日、私、旅行に行くことにしてて。十時に待ち合せてるから」

「そうか……。じゃ、私、いない方がいいね」

「いいえ、いいのよ、いても。一泊だけで、明日には帰ってくる」

「いいの？」

「だって……。お母さんの所に帰る？」

「ちょっと……帰りにくい。派手にやり合っちゃったんだ」

「彼氏のこと？　さつき、もしかして、あのインストラクターさんとまだ付合ってるの？」

さつきは目をそらして、お茶を飲んだ。認めているのと同じだ。

「――あれからしばらくたってるじゃない。ずっと会ってたの？」

と、実加が訊くと、

「そうじゃない」

と、首を振って、「あれきり、別れようと思ったの。本当に」

「そう……」

「しばらくは、連絡もしなかった。――お母さんとも、うまくやってたんだけど……」

――まさか、という思いが、実加の中に湧いて来た。

妻の紀子がここへ来たと知って、二人がここで……。

「――さつき」

と、実加は言った。「妊娠したの？」

さつきは黙っていた。

そういうことか。――それで、白倉への思いが再燃したのだろう。

「でも、さつき、今からどうなるものでも……」

「分ってる」

と、さつきは肯いた。「あのとき……。ここで抱き合ったときは、夢中で、気を付けてなかったの」

「それは、彼の方が分ってないと」

と、実加は言って、「そのこと、白倉さんに話したのね」

「うん」

「奥さんは知ってる？」

「分らない」

さつきは深々と息をついた。

「さつき……」

話しながら、実加は自分が青ざめていくのを感じていた。「正直に言って。さっき、あなたの下着を洗濯機に入れようとしたら……。黒いしみが飛んでた。あれ……血じゃないの？」

さつきが立て膝《ひざ》をして抱え込んだ。

「お願い。何があったのか、言って」

まさか……。いくら何でも……。

そんなとんでもないことが、身近に起るわけがない。

「私……あの人を殺した」

と、さつきは言った。

しばらく、二人とも黙っていた。

さつきは、目を潤《うる》ませて、

「あの人と一緒に寝て……。あの人も、こんなことしちゃいけないなんて言わなかったの。だから私……。ベッドの中で言った。あなたの子が……。そしたら、あの人、信じようとしなくて。私が、嘘《うそ》ついてると思ったらしくて、『冗談よせよ』って、笑ったの。私が必死になってくり返したら、やっと本当のことだって分ったけど……」

さつきはちょっと身震いして、「本当に俺の子なのか、って訊いた」

そんなひどいこと……。実加は安手なサスペンスドラマみたいな話に、唖然《あぜん》としていた。男は本当にそんなことを言うものなのか。

「――私、自分で手首切って死のうと思って、ナイフを買ってたの。一人でよ、もちろん。でも、あの人のその言葉で、もう何が何だか分らなくなって……」

「さつき、落ちついて。本当に殺したの？」

「たぶん……」

「それって……どこで？」

「ホテルの部屋で。――汚しちゃったかな、私」

「さつき――」

と言いかけたとき、突然、電話が鳴り出して、実加は飛び上りそうになった。

急いで出る。

「――北尾ですが」

少しして、

「あの……白倉です」

と、男の声。

「え……。あ、大丈夫なんですか？」

「さつきは、やっぱりそこに？」

「ええ。今、ここに。——さつき、殺したはずの白倉さんよ。元気そうよ」

「え……」

「もしもし。おけがを……」

「大したことじゃないんです。迷惑かけてすみません」

実加は大きく息をついた。

「じゃ……さつきは今夜はここに泊めます。後のことは、また」

「すみません。よろしく」

電話を切ると、

「さつき……。大したことないって。びっくりしちゃったんでしょ、あなた」

「そう……。私、てっきり……」

呆然《ぼうぜん》としているさつきを、実加はホッとしながら抱きしめてやった……。

実加は、小一時間ウトウトしただけで起き出してしまった。あんな騒ぎがあっては、眠るどころではない。しかし、その「騒ぎのもと」は、安心したのか、ぐっすり寝入っていた。

「本当にもう……」

いくら人のいい実加だって、ついグチの一つも言いたくなる。しかし、寝ているさつきをわざわざ起こすこともないだろう。――実加は時間があるので、少しゆっくりと朝食をとることにした。

十時には、木俣が迎えに来る。

旅の仕度は昨日の内に済ませてある。

旅といっても一泊だけ。ただ――一人でないという点が、実加にとっては大切なのだった。

これから木俣とどういうことになるのか。木俣が実加との時間に失望して、それっきり何も言って来ないということも考えられる。

それとも、これがきっかけで、「大人の付合い」が始まるのだろうか。

納谷清美のように？　いや、今はもう彼女のことは考えまい。大人の女として、実加は木俣の誘いを受けいれたのだ。他の人は関係ない。

実加と木俣、二人だけの話なのだ。

簡単に身仕度して、コーヒーをいれる。——後で、さつきが飲むだろう。

やっと目が覚めてくる。木俣との旅に向って、胸のときめいている自分がいた……。

そのとき——。

アパートの前に車の停る音がした。一台ではない。二台？　車のドアの音が重なって聞こえてくる。

時計に目をやると、まだ八時前だった。土曜日の朝である。何ごとだろう？

気になって、実加はサンダルをはいて玄関のドアを開けた。

下から、話し声が聞こえてくる。二人や三人ではないようだ。

実加は階段を下りて行った。

アパートの入口で立っていた男たちがピタリと黙って、実加を見た。

表に、パトカーが二台、停っている。

「あなたは？」

と、コートをはおった男が訊いた。

「二階の者ですが」

と、実加は言った。

「もしかして――」

と、男は手帳を開くと、「北尾さんですか？」

「はい。北尾ですが、何か……」

「警察の者です」

と、会釈《えしゃく》して、「そちらに伺おうと思って来ました」

「それは……」

「あなたの所に、川辺さつきという女性が来ていませんか」

想像が当っていたことを知った。白倉が傷を負ったことで、おそらく妻の紀子が黙っていられなかったのだろう。

確かに、さつきは白倉を傷つけたのだ。仕方ない。

「私の部屋にいます」

と、実加は肯いて、「眠っていますが……」

「そうですか」

と、刑事はホッとした様子で、「では、起こして下さい。同行してもらうことになります」

「――分りました」

と、実加は言った。「白倉さんの傷はどうなんですか？」

「どう、とは？」

「そうひどくないと白倉さんご自身から電話をいただいたので」

少し間があった。

「それはいつのことですか？」

「五時ごろ……だったと思います」

「白倉さんは亡《な》くなりました」

実加は耳を疑った。

「亡くなった？　でも確かに……」

「奥さんの話では、六時前に帰宅したときは大した傷じゃない、と言っていたのですが、少しして突然苦しみ出したそうです。救急車で運ばれましたが、体の中で出血がひどくて、結局、心臓がもちませんでした。ナイフで刺されたという話で……」

「そんな……」

では――さつきは白倉を殺してしまったことになるのだ。

「奥さんから、川辺さつきという女性のことを聞きました。頼って行く所という話で、あなたの所だろう、と……」

「待って下さい」

これは夢じゃないのだろうか？

さつきが人殺し？　——何てこと！

「さつきは……彼女は殺すつもりじゃなかったんです。可哀《かわい》そうに……。あの子、妊娠してるんです。お願いです。大事にしてやって下さい」

そんなことしか言えない自分がふがいなくて、実加は涙がこみ上げて来た。

「すみません……。今……連れて来ます。待っていただけますか」

「あまり長くは——」

「ええ。ええ、もちろん、すぐに起して仕度させます」

実加は涙を拭《ぬぐ》うと、階段を上って、部屋に戻った。

さつきは少しも変らず、深い寝息をたてている。その寝顔は無邪気そのものだった。

実加はさつきの布団《ふとん》のそばに膝をついて、

「——さつき」

と、声をかけた。

しかし、起きる気配はない。肩に手をかけて、軽く揺すった。

「──さつき。起きて」

さつきは寝返りを打って、大きく息を吐くと、また寝入ってしまった。

三度、揺さぶらねばならなかった。

「あ……。もう朝？」

トロンとした目で実加を見上げると、「いくら寝ても眠い。──どうしたの？　実加さん、どうして泣いてるの……」

18　深い淵《ふち》

「それは大変だったね」

と、木俣は言った。

「私……何もしてやれなかった」

と、実加は言った。

「そんなことはない。付き添って行ってあげたんだろ？」

「ええ……。でも、警察に着いたら、もう別れ別れで……。私も一応話を聞かれて」

「そうか」

「ごめんなさい。連絡したかったけど、とても、ゆっくり話せる状況じゃなくて」

「もちろん、分ってるよ」

と、木俣は肯いて、「メールで〈行けません〉とだけ言って来たときは、何があったのかと思ったけど」

「さつきのお母さんにも連絡しなきゃいけなかったし。お母さん、泣くばかりで、どうにも……」

「それはそうだろうね」

「私にできることは何かって考えて。――ともかく、弁護士さんを頼まなきゃ、と思って、色々つてを頼って探したんです。学校のときの友達で、そういう知り合いのいる子を思い出して紹介してもらいました。後は……もう何もしてあげられない……」

――週明けの月曜日。

帰りに待ち合せた喫茶店で、木俣と話をしていた。

重苦しい会話になった。

「いや、君は充分にやれることをやったよ」

と、木俣は言った。

「そう思えればいいんだけど」

ともかく、人が一人死んだのだ。彼には妻があり、子供がいる。その二人がこれからどうなるのか……。

「ホテルの方、キャンセルしても料金、取られたんじゃないですか？」

「そんな心配はいらないよ」

「でも、申し訳なくて……」

「ねえ」

木俣の手が、実加の手に重なった。実加は一瞬、ギクリとしたが、手を引込めようとはしなかった。

「改めて、旅行に誘っていいだろ？　次の週末はちょっと無理だが、その次なら──」

「木俣さん、ごめんなさい」

と、実加は遮って、「私、あなたと──そういう仲にはなれないわ」

「君……」

「さつきが白倉さんの子を身ごもって、それがきっかけで殺してしまった。私、怖いと思ったんです。男と女って、どんなことになるか分らないって」

「しかし、それは……」

「ええ、もちろん私はそんな風にならないと思ってます。でも、本当に、絶対にそうならないのか、って自分に訊くと、自信がない。それに――夫を亡くして、放心したように、涙も出ないで立ちすくんでた紀子さんを見ていて、思ったんです。木俣さんの奥さんを私が苦しめることになる、って」

「実加さん――」

「木俣さんのことが好き。本当です。でも私に、奥さんを苦しめる権利はない」

「大丈夫。今日子《きょうこ》は気付かないよ」

「どうして分るの？　木俣さんは本当にいい人で、人の気持をよく分ってくれるけど、奥さんのことは？　気が付かない、なんてどうして言えるの？　――いいえ」

　と、実加は首を振って、「きっと奥さんは分ってる。どんなにあなたがうまくごまかしたつもりでも、女には分る。私も女だから分るの。奥さんは知ってますよ。夫のほんのひと言、視線をそらした一瞬だけで、分るんです」

「お願いだ」

　木俣が実加の手を握った。「君を悲しませるようなことは決してしない。君も一度はそのつもりになってくれたんだろう？　事情は変ってない。確かに君の友達は可哀そうだったけど、それは僕たちと関係ないことだよ」

身をのり出すようにして実加を説得しようとする木俣の言葉には、「諦めるのは惜しい」という思いがにじんでいた。

どうして？　どうして今の私の気持を分ってくれないの？

私は——あなたにとって、「女たちの中の一人」に過ぎないの？　ただ、女という体を持った一人にしか……。

木俣が熱く口説こうとするほど、実加は冷めて行った。

「お願い」

と、実加は言った。「手を離して」

「実加……」

「お願い。——お願いですから」

私に振り離させないで。あなたが、手を引いてちょうだい。

少しして、

「分った」

と、木俣は手を引込めると、「もう——会いたくないんだね」

会いたくないんじゃない。会えないのだ。

実加は黙っていた。——何か言ったら、泣いてしまいそうだ。

「それじゃ……」

木俣は伝票を手に取って、立ち上った。

実加は、木俣が支払いをして出て行くのを、じっと見送った。木俣は振り向かなかった。

「――ごめんなさい」

実加は、たった今まで木俣が立っていた空間に向って謝ると、冷めたコーヒーをゆっくりと飲んだ。

「ご苦労さん」

と言って、社長の加東はシャンパンのグラスを手にした。「よくやってくれた」

「いえ、私一人じゃ何もできませんでした」

と、実加は言った。「安田さんや、みんなが頑張ってくれたので」

「しかし、リーダーとして、スタッフを引張っていたのは君だ。君の功績だよ」

そう言われると、あまり「そうじゃない」と言い返すのもどうかと思って、

「恐れ入ります」

と、実加もシャンパングラスを取り上げた。

「――いいシャンパンだ」

と、加東はグラスの半分ほどを飲んで息をつくと、「今夜は特別のコースを頼んである。ここは美味《おい》しいよ」

「味が分るといいんですけど」

と、実加は言った。「安田さんは、こういうお店、知ってる？」

いつもは「しのぶちゃん」だが、加東の前だ。

「ここ、前に来たことあります」

と、安田しのぶは言った。

「へえ。デートで？」

「ええ。でも、払ったの、私です」

しのぶの言葉に、実加も加東も笑った。

都内でも有名な高級フレンチのレストラン。

加東が、〈連絡会議〉の実加の働きをねぎらうというので、ここへ誘われたのだ。

本当は、実加一人を連れて来たかったようだが、実加が、

「それじゃ、ぜひ安田さんも。彼女が一番活躍したんですから」

と頼んだのだった。

「いや、海外からも、感謝のメールが沢山来ているよ。うちのような規模の会社としては、これほど評価されて鼻が高い」

「夢中でした」

と、実加が言った。「参加して下さった各社へのお礼状を、やっと昨日送りました」

「そういうていねいさが、外国の連中にも伝わったんだな。君がリーダーで良かった。君は大変だったろうが」

「北尾さんは責任感の強い人ですから」

と、しのぶが言った。「社長の英語のスピーチも良かったですよ」

「丸暗記したんだ。途中で頭が真白になって参った」

「でも、ごまかし方もさすがです」

――しのぶは、実加が川辺さつきのことで苦しんだのを知っているので、加東との話をできるだけ引き受けていた。

実加としてはありがたかった。――いくら加東の好意といっても、心から楽しむ気分ではなかったからだ。

もちろん、川辺さつきの事件について、加東には何も話していない。実加も、自分が受けた傷を、職場に持ち込まないようにはしている。

しのぶだけには話したが、それは一番身近にいる同僚として、心配をかけてはいけないと思ったからだ。

〈連絡会議〉の後、休みを取って旅行していたしのぶは、話を聞いて、

「実加さんも、一人で旅したらどうですか？」

と言ってくれた。「仕事とも、その事件とも離れて、何日か過すって、きっといいと思いますよ」

しのぶの言葉はありがたかった。

しかし、現実問題として、会議の後処理が終っておらず、さつきのために頼んだ弁護士のことや、さつきの母親にも気をつかわねばならず、とても何日も休むわけにはいかなかった。

加東の方は、実加に関心があって、こうして食事に連れて来ているのだろう。実加が、今はとてもその好意を受けられる状態でないことを、加東は知る由《よし》もなかった……。それでも、食事を終えて、

「とてもおいしかったです」

と、実加が礼を言うと、しのぶが化粧室に立っていたこともあってか、

「それなら良かった。また付合ってくれよ」

と、加東はデザートのメニューを見ながら、「しかし――何だか元気がないね。どうかしたのか？」

と訊いたのである。

「あ……。すみません。ちょっと疲れていて……」

「そうだろう。休みを取ったらどうだ。疲れが出るころだよ、ホッとして」

「そうですね」

やっと少し笑顔になって、「少し遅れて疲れが出るって、もう若くないからですね」

「おい、よせよ。君は僕の半分の年齢だぜ」

と、加東は言った。

「色々続いたので……。入院している父のこともありますし」

「そうだったな。どうなんだ、具合は？」

「結婚したら、何だか元気になったみたいです」

「そいつは結構だな」

しのぶが席に戻って、話題は専《もっぱ》らこのレストランの料理のことになった……。

「ごちそうさまでした」

二人して、声を合せる。

加東を乗せたハイヤーが走り去るのを、実加としのぶは並んで見送った。

「――ありがとう。助かったわ」

と、実加は言った。

「味、どうでした？」

「分らないわ。フォアグラだのキャビアだのって……。おいしいのかもしれないけど」

と、実加は苦笑した。

「じゃ、帰りましょうか」

と言って、しのぶは伸びをした。

――遅くなったが、あの会議のころは、帰宅が深夜になるのも珍しくなかったから、それに比べれば気にならない。

実加は駅からアパートへの夜道を辿《たど》って行った。――すでに年の暮れが近く、風は顔にまともに吹きつけると痛いように冷たい。

加東がまた実加を誘って来ることはあるだろうか？

もしあっても、何とか言いわけして逃れようと思っていたが、日々会社で顔を合わせるのだから、気まずくなるのは避けたい……。

「ま、そのときはそのとき」

と呟《つぶや》く。

今から心配していてもきりがない。むしろ、加東のことを気にしていると、さつきの身に起ったこと、今、さつきはどうしているのか、母親は大丈夫か、と胸を痛めることから少し遠ざかっていられる。そうだ。自分がさつきのためにしてやれることは限られている。悩んでばかりいるのはやめよう……。

アパートまで、あと五、六分という辺りだった。

実加は、同じ夜道を歩く、もう一つの足音に気付いた。すぐ後ろというわけではないが、かなりはっきりと聞こえて来る。角を曲るとき、今来た道を振り返った。しかし、街灯の間隔が長いので道は暗く、誰がいるのか分からなかった。

もちろん、同じ方向に帰る人がいてもふしぎではない。

もうすぐだわ。実加は足取りを速めた。

しかし——後ろの足音は、少しも遠ざかることなく、ついて来た。

実加の足取りに合せているかのようだ。

少し足取りを遅くしてみる。すると、その足音も同じテンポになったのだ。誰かが尾《つ》けて来る。

実加は気味が悪くなった。再びアパートへと急ぎながら振り向いたか、やはり暗くて姿は見えない。

アパートが見える。実加は駆け出した。

階段を駆け上ると、バッグから鍵《かぎ》を取り出す。ドアを開けるまでが、ひどく長く感じられた。

中へ入ってドアを閉め、ロックする。ドアチェーンもかけて、息を弾ませながら部屋へ上った。

窓へ寄って、レースのカーテンを少し開け、外を見たが、ここからは道がほとんど見えない。

「何なのよ……」

と、思わず呟くと、実加はカーテンを閉めて、部屋の明りを点けた。

気のせい？　いや、そうじゃないだろう。あの歩調の合せ方は、はっきり実加を尾けていた。

女の一人暮しだ。実加はコートを脱ぐと、ケータイで安田しのぶにかけた。

「——あ、実加さん。今日はお疲れさまでした」

と、明るいしのぶの声が聞こえると、実加はホッとした。

「しのぶちゃん……。大丈夫？」

つい、そう言っていた。しのぶがびっくりして、

「どうかしたんですか？」

「ごめんなさい。ちょっと怖いことがあって……」

「何があったんですか？　言って下さい」

実加が、夜道で誰かに尾けられたと話すと、

「そんなことが……。警察に届けた方がいいんじゃありませんか？」

「でも、顔も見てないのよ。調べようがないでしょ」

「だけど……」

「大丈夫。ちょっとビビっちゃったけど」

と、実加は笑って、「だらしないわね、大人のくせに」

「用心して下さい！　誰か、実加さんに目をつけてる男がいるのかもしれませんよ」

「私に？　そんな物好きがいるかしら」

「分りませんよ。世間は広いですから」

「まあ、ひどい」

実加はずいぶん気持が軽くなった。「ありがとう。しっかり戸締りして、ぐっすり寝るわ」

「それが一番ですね。でも、出勤のときでも油断しちゃだめですよ。ナイフとか、持ってないんですか？」

実加はびっくりして、

「ナイフ？　そんなもの……。包丁ならあるけど」

「じゃ、私が買って、持って行きます」

「ありがたいけど、ナイフなんか持って歩いたら、お巡りさんに何言われるか」

「もちろん、自衛用ですから、小さな万能ナイフです。栓抜きとかと一つになったやつ。それなら、持ってたって、おかしくないでしょ？」

「でも――」

「大丈夫です！　ちゃんと、実加さん向きのナイフを見付けます！」

「あの……」

切れてしまった。――私向きのナイフって？

首をかしげたものの、しのぶの言葉に心強い思いをしたのは確かだった。気のせいだったらいいんだけど……。

実加は気を取り直して、風呂《ふろ》に入る仕度をした。

翌朝は気持よく起きられた。

外も爽《さわ》やかによく晴れ、窓から見る限り、風もほとんどないようだ。

ゆうべの怖い思いを忘れたわけではないけれど、「くよくよしていても仕方ないわ」と割り切ることはできた。

そうだ。昨夜は加東にごちそうになっている。出社したら、まず礼を言わなければ。

そして、今日の帰りにでも、お礼のチョコレートかクッキーを加東の家に送っておこう。

そこまでしなくてもいいかもしれないが、自宅へ送れば、加東の奥さんの目にも触れるだろう。内緒で会っていたと思われない方がいい。

身仕度をして、いつもより七、八分早く出かけられるようだった。

毎日通勤している人間にとって、「いつもより五分早い」だけでも大変なことなのである。

玄関のドアを開けると、隣の部屋の女性がやはり出て来たところで、

「おはようございます」

と、実加は挨拶《あいさつ》した。

しかし、相手の女性は、

「どうしたの、あなたの所のドア？」

と言った。

「え？」

通路に出て、ドアを閉めた実加は、一瞬息を呑《の》んだ。

ドアに、赤い×印が描かれていた。それも――二つや三つではない。書きなぐったような×印が、二十――いや、三十もあるだろうか。

実加はしばらく呆然として立ちすくんでいた……。

19 闇《やみ》の中

「そんなことがあったんですか」

と、安田しのぶが目を丸くして、「怖いですね！」

「参っちゃった」

と、実加はお昼のサンドイッチを食べながら、ため息をついた。

実加が会社に出て来たのは、もう昼休みの直前だった。

「実加さんから『事故があって』って電話もらったときは、大けがでもしたのかと思って心配しました」

と、しのぶは、実加とは違って、この店がランチにだけ出しているカレーライスを食べながら言った。

「電話じゃ、詳しい話もできないしね」

と、実加はコーヒーを飲みながら言った。

「ゆうべ誰かに尾けられたって言ってましたよね。そいつがやったんじゃないですか？」

「そうかもしれない。でも、何も見てないんだもの、捜しようがないわ」

――ドアに描かれていた×印は結局二十七もあった。油性の、おそらくペンキをスプレー缶で吹きつけて描いたのだろうということだった。

実加は警察へ連絡しようと思ったのだが、その前に、アパートの他の住人から知らせを受けて、管理人が駆けつけて来たのだ。そして、

「警察は困るよ」

と、きつく言われた。

管理人は、この近辺のアパート、何棟かを任されていて、警察沙汰《ざた》になって家主を怒らせたくないのだった。

「俺は以前、アルバイトで大工仕事をやったことがあってね」

同じアパートの一階に住んでいる男性が騒ぎを聞きつけてやって来ると、

と、実加の部屋のドアを見て、

「そう簡単には落ちないよ」

ともかく、すぐにはどうしようもない。

管理人は眉《まゆ》をひそめて、

「困るんだよね、こういうことは」

と、あからさまに実加をにらみつけた。

「私、人に恨まれる覚えはありません」

と、実加は言ったが、

「じゃ、どうしてこんなことをされたんだね？」

と、管理人は腕組みして、「大体、あんたの所は、この前も人を殺した女の子が逮

「そうね。でも——仕事がたまってるし」

「じゃ、私が先に行って探しておきます。仕事より命が大切ですよ」

しのぶの前向きな言葉は、すっかり落ち込んでいた実加を、ずいぶん元気づけてくれた……。


「あ、祐子さん」

父の病室を訪れようとしていた実加は、祐子が中から出て来るのを見て、声をかけた。

「実加さん。今お帰り？」

「ええ。ちょっと買物があって。幸世ちゃんは？」

「ええ、お父さんのそばに」

祐子は、そう言って、「ちょっと、近くのコンビニに行って来ます」

「どうぞ。私、中にいますよ」

実加はいそいそとエレベーターに向う祐子を見送って、つい微笑《ほほえ》んだ。

病気の心配をして、ふさぎがちだった祐子が、今は見違えるほど明るい。雄一と結婚式を挙げて、全く新しい人生が始まったとでもいうようだ。

前向きになると、人の見る目も変るのだろう。祐子は、実加が〈連絡会議〉で駆け回っている間に、正規の事務の仕事に採用された。

もちろん、高給取りというわけではないが、夜のパートやバイトの必要がなくなり、こうして毎日のように雄一の病室へやって来ている。娘の幸世も、いつも母親とご飯が食べられて心から嬉《うれ》しそうだ。

――良かった、と実加は思った。

辛《つら》い思いの中、死んでしまった母のことを考えないわけではない。でも、人には、理屈だけでは割り切れない感情があるのだ。

今、生きている人たちが幸せでいる。――お母さんも、きっとそれを許してくれるだろう……。

「実加か。少し遅いな」

と、ベッドで雄一が言った。

「買物があってね」

と、実加は大分重くなった袋を床に置いた。

「お姉ちゃん」

と、幸世が言った。「今夜泊りに行っていい？」

「え？　明日、学校あるでしょ？」

「行事があってお休みなの。ね、いいでしょ？」

「そうねえ……」

実加は困ってしまった。幸世に、あの×印だらけのドアを見せたくない。

当然、父や祐子の耳にも入ることになる。心配をかけたくなかった。

「今、ちょっとね……。部屋が散らかってるの。また今度ね」

と言ったが、幸世は、

「私、片付けてあげるよ」

と、むしろ楽しげに、「私、片付けするの得意なんだ」

「ありがとう。でもね……」

と、ためらっていると、幸世が、

「あ、そうなんだ」

「え？」

「誰か男の人が泊りに来てるの？」

実加は絶句した。雄一が笑って、

「こら、そういうことは直《じか》に訊くもんじゃない」

「違うの！　そんなんじゃないのよ」

と、実加はあわてて言った。

「ひどい人がいるのね」

と、祐子が眉をひそめた。

成り行きで、ドアの×印のことを話さなくてはならなくなった。

「世の中、善意だけじゃ通用しないことがある」

と、雄一が言った。「しかし、実加、用心しろよ」

「うん、気を付けるから」

と、微笑んで見せる。

「私、そんな奴《やつ》、やっつけてやる！」

と、幸世が言った。

「ありがとう。でもね、分るでしょ？　今のドアを幸世ちゃんに見てほしくないのよ」

あの三十近くの×印には、人の「悪意」や「恨み」が感じられて、実加はまだ子供の幸世に、そんな感情に触れさせたくなかったのだ。

「警察に届けた方がいいんじゃないですか？」

と、祐子が言った。

「そう思ったけど、管理人さんがいやがって……」

「そんな！　何かあってからじゃ遅いのに」

祐子の言う通りだが、色々話を聞くと、何か事件が起らない限り、警察は何もしてくれないらしい。

「――お父さん、治療の方はどうなの？」

「うん、新しい薬を試しているところだ。あと一週間ぐらいしたら結果が出る」

と、実加は話を変えた。

「そう。でも、肌のつやが戻ったよ」

「ねえ、そう思うでしょ？　私もそう言ってるんです」

と、祐子が肯《うなず》いて言った。

「実加が式を挙げさせてくれたおかげだ」

と、雄一が言った。「この二人の顔を毎日見てると、どんな薬より効くような気がする」

「特効薬ね」

と、実加は笑って言った。「いいなあ。私も特効薬が欲しいわ」

「それなら恋をするといいよ」

幸世の言葉に、実加は目を丸くした。

アパートへの道を急ぎながら、実加は幸世に言われた、

「恋をするといいよ」

を思い出して、何度も笑ってしまった。

恋をすると、か……。

確かに、恋は苦しくて辛いものでもあるけれど、それも含めて「恋」なのだと思えばいいのだ。

たぶん、五年十年たてば、木俣への思いも、淡くぼやけて、紗《しゃ》をかけた映像のように見えるのだろう。

もっとも、それまで男っ気なし？

「もてないんだから仕方ないわね」

と、自分をからかってみる。

アパートの前まで来て、実加はハッと足を止めた。

黒い人影が、明らかに実加を見て、逃げるように暗がりの中へ素早く消えたのである。

「――誰？」

このまま部屋へ上ってしまおうかとも思ったが、あの×印のようなことを、またやられてはかなわない。

まだそう遅い時間ではないので、大声を出せば他の部屋の人に聞こえるだろうという気持もあった。

「私に用ですか？」

と、実加は言った。「何かお話があるのなら、出て来て下さい」

しばらく何の反応もなかったが、そこに誰かいることは分った。気配というものだろう、かすかに動く音がする。

そして、足音がして――アパートの入口の乏しい明りの下に、その人は出て来た。

「やあ……」

と言った、その男性を、実加はすぐには分らなかったが、ちょっときまり悪そうに頭をかく仕草で分った。

「神永さん！」

と、実加は言った。

神永智也だった。――姉、千津子が知っていた、あの神永。

しかし、若い奥さんとどこかへ行ってしまったということだった。

「ごめんよ」

と、神永は言った。「突然やって来て。――君のケータイにかけたけど、つながらなかった」

「換えたので、ケータイ。でも――もう三年たちますよ」

「そうだね」

「どうしてここを――」

と言いかけて、立ち話をしているところをアパートの人に見られても、と思った。

仕方ない。今は他に……。

「上って下さい。二階です」

と、実加は言った。

20　喪失

「もらった名刺で、君の勤め先を探してね」

と、神永は言った。「帰る君をずっと尾けて来た」

「それって、いつのことですか？」

と、実加は神永にお茶を出しながら言った。

「一年前さ。この場所が分っただけで満足してた。でも……」

「勤めていた塾を辞めたってこと、聞いてます。訪ねて行って、聞きました」

「塾に？　じゃ、ひどいこと言われただろ」

と、神永は気色ばんで、「塾の誰かに手を出したとか。でたらめだ！　そんなことはしてない」

むきになっている姿は、見苦しく思えた。いや、言う通りなのかもしれないが。

「僕に言い寄ってくる女性がいてね。相手にしないでいたら、ひどい噂《うわさ》を流したんだ。おかげで、問答無用でクビさ。何を言っても聞いてくれやしない」

「そうですか」

実加もお茶をいれて飲みながら、「奥さん、お元気なんですか？」

訊けば、神永を傷つけるかもしれない、と分っていた。うまく行っているなら、こんな所へ来ていないだろうから。

しかし、同情する気にはなれなかった。

「あいつは子供を連れて出てったよ」

と、神永は言った。「たぶん、親の所へ帰ったんじゃないか。〈絶対に連絡して来ないで〉ってメモがあったから、その通りにしてる」

　実加は何も言わなかった。

「それより——あのドア、どうしたんだ？」

と、神永は訊いた。「いたずらにしちゃ、ひどいな」

「何だか、恨まれてるらしくて、私」

　と、少し冗談めかして、「やきもちやかれるほど可愛《かわい》くないんだけど」

「そんなことないよ。今の君は活《い》き活《い》きしてる」

「でも、泊ってもらうわけにいかないんです。分って下さいね」

　と、実加ははっきりと言った。

　玄関の鍵をかけていない。まさか、とは思ったが、神永から逃げてすぐ外へ出られるように、だ。そんな心配をしている自分がいやだったが、今の神永にはそう思わせる惨《みじ》めな雰囲気があった。

「ああ、もちろんだよ」

　と、神永は肯いて、「会って話ができただけで充分だ。——君、千津子君に似て来たね」

姉の名前が出たとき、実加の胸は痛んだ。姉が今の神永を見たら……。

「もう、十年近くも勤めてるんですもの。少しはしっかりしなくちゃ」

「早いな……。そんなにたつんだ」

神永は疲れ切ったように息を吐くと、「じゃあ……。失礼するよ」

「お元気で。——奥さんに連絡してみたらどうですか？」

玄関へ下りて、実加は言った。「そんなメモを残されたのは、連絡してほしいからかもしれませんよ」

「どうかな」

と、神永は苦々しげに、「会いに行ったら塩でもまかれそうだ」

それじゃ、と言って神永は出て行った。

実加は階段を下りて行く足音を聞いてから、鍵をかけた。

行ったとたんに鍵をかけるのは、ためらわれた。

神永は何を求めてここへ来たのだろう。実加が慰めてくれると思ったのか。

「——こっちが慰めてほしいわよ」

と、実加は呟いた。

ふと思った。まさか——ドアの×印が、神永の妻のしたことだと……。

いや、子供を連れて、九州へ帰っているというのだから、そんなはずはない。

「でも……」

実家へ帰っているというのは、神永の想像なのだ。それでも、会ったこともない実加をそこまで恨んでいるとは思えない。

すっかり疲れてしまって、実加はしばし座り込んだまま、動けなかった……。

会社で、実加は一心にパソコンに向っていた。

神永のことを忘れてしまいたかったのだ。せっせと、急いで返信しなくてもいいメールにも返事を書いた。

当然、安田しのぶには見抜かれて、

「——何があったんですか？　またいやがらせでも？」

お昼休みになって、社を出ると、しのぶに訊かれた。

「そういうわけじゃないんだけどね……」

神永のことは、あまり話したくなかった。話せば、姉が出会ったころの、あの爽やかな神永を思い出してしまう。

実加は軽くおそばを食べて、しのぶを相手に、暮れの予定などを話した。

「私、ハワイにでも行こうかな」

と、しのぶが言った。

「いいわね。英語できるし」

「ハワイは日本語だけでも大丈夫ですよ」

と、しのぶは明るく言った。「実加さんもどうですか、一緒に？」

「楽しいでしょうね！　でも、色々やることがあるし」

「そんなこと言ってたら、どこにも出られませんよ」

「分ってるけど……。もともと出不精なのよ」

その辺は子供のころからあまり変っていない。よく知らない場所に行くのが苦手なのである。

――オフィスへ戻ると、

「北尾さん、お電話です」

ちょうどかかって来たところらしい。

「ありがとう。取るわ」

自分の席の電話で出ると、「北尾でございます」

と言ったが……。

こわごわといった声で、

「北尾……実加さんですか？」

若い女性らしい声だ。

「そうですが、どなたでしょう？」

仕事の電話ではないようだ。

「私……神永の家内です」

「あ……」

会社へかけて来たのは、実加の勤め先を聞いていたのだろうか。

「あの……何か」

と、実加は、ちょっと周りを気にしながら訊いた。

「主人が行きませんでしたか、そちらへ」

「ゆうべ……。でも、少しいただけで、帰りましたけど」

「やっぱり行ったんですね」

「ええと……今、どちらにいるんですか？　お子さんを連れて出て行ったと聞きましたけど」

しばらく何も言わず、向うは切ってしまった。

「もう……」

気の重くなることはもう勘弁してほしい、と思った。

しのぶが何か言いたげだったが、昼休みが終って、みんなが戻ってくる。

実加はまたパソコンに向った。

四時半を過ぎて、もう外が少し暗くなりかけたころだった。

「――お客様です」

と、受付から電話がかかって来た。

「お客？」

約束はなかったと思うけど……。

受付へ出て行った実加を待っていたのは、制服の警官だった。

「北尾ですが……」

当惑しながら言うと、

「北尾実加さんですか」

「はい。何か……」

「ええと……」

と、若い警官はメモを取り出して、「神永智也という人をご存知ですか？」

一瞬、血の気がひいた。分った気がした。

「はい、知っています」

「今朝ほど、電車にはねられましてね。亡《な》くなったんです」

「――そうですか」

「実は、遺書が線路脇《わき》に石をのせて置いてありまして。自殺とみられます」

実加はちょっと目をつぶった。目を開けたら、夢だったということにならないだろうか。

「申し訳ありませんが、遺体の確認をお願いしたいんです」

「私が、ですか？」

「遺書の宛名《あてな》があなたになっていて、この会社の名前が」

「でも……神永さんには奥さんが……」

「そのようですね。遺書にありました。でも、連絡先が何も……」

「分りました。少し待って下さい」

「お手数です。電車にはねられて、傷はありますが、そうひどい状態では……」

「上司の許可をもらわないと」

「ああ、もちろんそうですね。お待ちしています」

警官は淡々として事務的で、それはありがたかった。

課長の友成に事情を話すと、

「そりゃ大変だな。いいから、片付けて早退するといい」

「はい。――すみません」

当然、実加の話はみんなの耳に入っている。急いで仕度をする実加は、みんなの視線を集めているのを感じていた。

行きかけて、実加は念のために、しのぶへ、もし神永の妻から電話があったら連絡してくれるように頼んでおいた。

「分りました」

しのぶは、同情するような、何とも言えない目で実加を見て言った。


眠っているように見えた。

神永は、顔にほとんど傷がないので、とても穏やかな表情をしていたのだ。

本当に死んでるんですか？　――ドラマの中のセリフのようなことを、口にしそうになった。

「間違いありません」

と、実加は言った。「神永智也さんです」

「そうですか。どうも……」

「奥さんがいます。連絡は取れないでしょうか？」

と訊いてから、「神永さんのケータイがあれば、きっと……」

「持っていませんでした。電車にはねられたとき、どこかに飛んで行ったのかもしれませんね」

と、警官が言った。

「そうですか。でも――」

と言いかけたとき、実加のケータイが鳴った。

実加は、神永が目を覚ましそうな気がして、急いで出た。

「もしもし、しのぶちゃん？」

「今、神永さんの奥さんから電話が入っています」

と、安田しのぶが言った。「どうしましょう？」

「この私のケータイの番号を教えてあげて。かけてくるように言って」

「いいんですか？」

しのぶが心配そうに言ったが、

「いいのよ」

と、実加は穏やかに言った。


〈実加ちゃん。

迷惑かけてすまない。僕はもうすっかり疲れてしまった。

今、亡くなった千津子君のことを考えようとするが、もう顔もはっきり思い出せない。千津子君が、実加ちゃんに重なって見える。

だから、余計に、あの遠い昔、実加ちゃんから千津子君の死を知らされた日を思い出すと、懐《なつか》しい。

こんなことを頼んではすまないけど、聖子《せいこ》に、僕の死を伝えてほしい。聖子が妻の名だ。言ってなかったかもしれないね。

僕がいなくなっても、まだ彼女の両親は元気なので、子供たちも大丈夫だと思う。

よろしく頼む。もうこれ以上迷惑はかけない。

神永智也〉

「神永智也の妻です」

細かく震える唇から、やっと言葉が出た。

神永聖子は、まだずいぶん若いはずだが、疲れて、老《ふ》けて見えた。以前にデパートの食堂で見たときとは別人のようだ。

聖子は、夫の遺体と会って、それから実加に宛てた遺書を読んだ。

実加は、聖子がその遺書を自分のバッグへ入れるのを、何も言わずに見ていた。

「――残念でしたね」

実加はそれだけ言った。

「いえ……」

聖子は横たわる夫の方へ目をやると、実加へと向き直って、

「どうして帰らせたんですか？」

と言った。「あなたが引き止めてくれたら、死ななかったのに……」

実加は何とも言いようがなかった。聖子は、涙をためた目でじっと実加を見つめて、

「あなただけが頼りだったのに！　あなたの所に助けを求めて行ったのに……。追い

返すなんて、ひどい……」

そして、聖子は夫のそばにしゃがみ込んで声を上げて泣き出した。

私が？　私が帰さなければ良かった？

むろん、聖子自身、自分が何を言っているか、よく分っていないだろう。それでも、実加は聖子の非難に動揺した。

川辺さつきが白倉を殺し、神永が自分で命を絶った……。

私のせい？　私が死を招いているのだろうか。

理屈になっていないことは承知で、それでも自分を責めることをやめられない実加だった……。

21　凍りつく雨

いっそ雪になってくれたら。

ついそう思ってしまう、底冷えのする日だった。外は冷たい雨が降り続いて、もう三日目だった。

「凍えそうね」

と、昼食に出た実加は、しのぶに言った。

「夜は雪ですかね」

しのぶにしてはありきたりの言葉だった。

「ともかく……今年は嵐《あらし》のような一年だったわ」

と、実加は言った。

クリスマスまで一週間だ。〈連絡会議〉に時間を取られた分、暮れの忙しさは半端《はんぱ》ではなかった。

しかし、実加にとっては、「仕事のことで頭が一杯」という状態はありがたかった。

むろん、こんな昼休みのひとときになれば、あれこれと思い出さずにいられないのだけれど。

「でも、悪いことばかりでも……」

と、しのぶが言った。

「それはそう。父と祐子さんの結婚式とか、〈連絡会議〉を何とかやりとげたこととか……。でも、考えてしまうのは、辛いことの方なのよ、どうしても」

「捕まったお友達のことですか」

「それもある」

と、実加は肯いた。

恋人の白倉を殺してしまった川辺さつき。弁護士を頼むところまではやったが、その後のことはよく知らなかった。

さつきに面会に行こうか、とも思うが、会うのが辛かった。――それに、実際、口実でなく、忙しさの中、その余裕がないのだった。

そして――そう、神永智也の死。

妻の聖子に責められた、そのときの彼女の声も、表情も、忘れることができない。

どうして帰らせたんですか？

あなただけが頼りだったのに。

追い返すなんて、ひどい！

自分が責任を感じる必要はないと分っている。しかし、実加を責める聖子の気持も、痛いほど分るのだった。

「実加さんは人のことを思いやり過ぎるんですよ」

と、しのぶが言った。「もう少しわがままで、自分勝手になっていいのに」

「ありがとう」

と、実加はちょっと笑って、「私、充分自分勝手よ」

「クリスマスイヴは誰かとデートですか？」

「そうね……。幸世ちゃんとかね」

幸世と出会えたこと。それはこの一年の出来事の中では大きな救いだった。

「男の人とは？」

「一向に。――社長も、もう誘って来ないし」

「そういえば、あのドアのいたずら描き、何か分りました？」

しのぶが休みの土日に手伝ってくれて、ドアの×印は大体きれいに落とした。しかし、やっているときは、シンナーの匂《にお》いを吸い込むと頭が痛くなって参った。

一人ではとてもできなかったろう。

「その後は何もないわ」

と、実加は言った。

「でも、安心しないで下さい。用心して下さいね。何かあったら、私、いつでも駆けつけますから」

「頼りにしてるわ」

と、実加は微笑んだ。「さ、もう戻ろうか。仕事、仕事！」

「北尾です。いつもすみません」

実加は病院のナースステーションに声をかけた。

「ああ、ご苦労さま」

顔見知りの看護師が笑顔で肯くと、「今日、とても具合良さそうですよ」

「そうですか。ありがとうございます」

仕事が忙しくて、いつも父の所に寄るのが遅くなる。もちろん、祐子がいるのだから、実加は毎日寄るわけではない。

しかし、こうして見舞に寄っても、面会時間はとっくに過ぎているのである。

もう病室はどこも寝静まっている。足音もたてないように気を付けながら、父のいる病室の前まで来ると、中からドアが開いて、びっくりした。

「お姉ちゃん」

幸世が顔を出したのだ。

「まあ、こんな時間に。――お母さんは？」

「中にいるよ。私、窓から下を見てて、お姉ちゃんが歩いて来るの、見付けたんだ」

「目がいいのね！」

実加は、幸世と手をつないで、父のベッドのそばへ行った。

「まあ、忙しいのに」

と、祐子が椅子《いす》から腰を浮かす。

「座ってて。——一番厄介だった仕事を何とか片付けたんで。お父さん、ずいぶんさっぱりしたね」

父、北尾雄一は、髪を切ってすっきりした様子になっていた。

「病院の向いの美容院でカットしてもらった。どうだ？」

「そんな所まで出かけてるの？　うん、なかなかいいよ」

新しい薬を使った治療がいい効果をあげていると聞いていた。そして、担当の医師は、

「本人に、生きていることを楽しむ余裕ができたことが大きいですよ」

と言ってくれた。「ご家族の努力のたまものですね」

もちろん実加一人のことではないにせよ、その言葉は嬉しかった。

「実加、夕食はとったのか」

と、雄一が訊いた。

「まだ。明日、土曜日で休めるから、少し遅くなっても……」

「じゃ、お姉ちゃんのところに泊めて」

と、幸世がすかさず言った。

「え？　でも学校は？」

「明日お休み。ね、いいでしょ？」

実加は少し迷ったが、大丈夫だろうと思った。

「無理言わないのよ」

と、祐子が言った。

「いえ、いいのよ」

実加は、幸世の頭をなでて、「これをいやがらないんだったらね」

幸世は、「小さい子供」みたいに頭をなでられると、プライドが傷つくようで、怒るのである。

「いいよ、お姉ちゃんだったら、我慢する」

実加は笑って、

「泊っちゃだめ、って言う理由がなくなったわね」

と言った……。

駅前の定食屋で夕食をとると、幸いその間に雨が上った。

「でも、寒いわね！」

と、実加は吐く息が白く風に流れて行くのを見て、「少し急ぎましょ！」

「うん！」

幸世と二人、手を取り合って、アパートへと小走りに急いだ。

初めの内はともかく、五、六分すると息が切れて、

「――幸世ちゃん、待って！　少し歩こう。普通に」

「お姉ちゃん、運動不足だよ」

と言われて、否定もできず、

「忙しくて、運動してる暇がないの」

と言い返している実加だった。

遅くなっても大丈夫とはいえ、お風呂《ふろ》に入るのがあまり遅くなると、下の部屋の人に気をつかわなくてはならない。

「アパートに着いたら、すぐお風呂ね」

と言われて、幸世はちょっと口を尖《とが》らせた。

お風呂から出たら、すぐ寝るというのがパターンなので、

「でも、お風呂出てから、少し起きてていいでしょ？」

「風邪ひかないようにすればね」

「ちゃんとするから！」

「はいはい」

と、実加は笑って言った。

アパートに着くと、

「階段、あんまり足音たてないでね」

と、実加は言った。「夜は音が響くから」

「分った」

二人はわざと大げさに足音を忍ばせて、階段を上って行った。顔を見合せて忍び笑いする。

そして――。

実加は足を止めた。

薄暗い通路に、コートの女が立っていた。

そして、実加の部屋のドアに向って、スプレー缶で何かを吹きつけている。

女も、すぐに実加に気付いて、ハッと息を呑《の》んだ。薄暗くても、見間違えようはなかった。

「――納谷さん！」

実加の声が震えた。あの〈Sパレス〉の納谷清美だった。

「どうして……」

実加は、納谷清美の目に暗い恨みを見た。

「どうしてですか？　私が何をしたんですか？」

清美は答えなかった。スプレーの缶を手さげの袋へ落とすように入れると、実加の方へ歩いて来た。

実加はとっさに幸世を自分の後ろへ隠した。幸世を守らなくては。何があっても。

「やめて下さい」

と、実加は言った。「こんなこと……。分りません。どうして？」

清美は実加の目の前まで来ると、足を止めて、じっと見つめた。

実加の知っている清美ではなかった。しかし――どういうことだろう？

ともかく、今は、幸世を……。

清美が、突然声を上げて笑った。凍りつくような笑いだった。

そして、清美は足早に階段を下りて行った。

「――お姉ちゃん」

と、幸世が小声で言った。

「大丈夫よ。もう大丈夫」

実加は急いで鍵《かぎ》を取り出した。

ドアには、この前と同じ×印が三つ描かれ、四つめを描こうとした跡が残っていた。

急いで中に入る。

鍵をかけ、チェーンをして、実加は大きく息を吐き出した。

「——待ってね」

ともかく、いつも通りに。いつもの通りにするのだ。

部屋を暖め、実加は座り込んでしまった。

——信じられなかった。

どうして納谷清美が？

「お姉ちゃん……」

「ごめんね！　心配しなくていいのよ」

と、実加は幸世を抱き寄せた。

「あの女の人……お母さんの結婚式のときにいた人だよね」

「ええ、そうね」

「どうしてあんなことしたの？」

「分らないわ」

実加は首を振って、「きっと何か思い違いをしてるのよ。他の誰かと私を。――ちゃんと話をして、誤解をとかないとね」

「気を付けてね。お姉ちゃんが危い目にあったら、大変だもの。お父さんもお母さんも」

「そう。――そうよね」

実加はやっと微笑《ほほえ》んで、「お姉ちゃんは大丈夫。ちゃんと用心するから」

そして、立ち上ると、

「さ、お風呂に入るのよ」

と言った。

どうしたものか、迷った。

しかし、このままにしてはおけない。

いつまた納谷清美がやって来るか分らない。そして、今度は直接的な危険があるかもしれないのだ。

幸世は、「一人で入れる」と言って、お風呂に入っていた。

実加は、ケータイを手に取ると、なおしばらく迷ってから、発信した。

呼出し音が何度も鳴り続けて、諦《あきら》めようかと思ったとき、

「もしもし」

と、向うが出た。

実加はひと呼吸してから、

「北尾です」

と言った。「夜分にすみません」

「いや……。何か……」

と、木俣は当惑している様子だった。

「今夜、納谷清美さんが私のアパートに」

「何だって？」

「〈Sパレス〉の納谷さんです。アパートに来て、私のこと、恨んでおいでのようだったんです」

「納谷君が？」

実加は、淡々と、これまでの出来事を説明した。そして今日、納谷清美が正にドア

に×印を描いているところへ来合せたことを。

　木俣は実加が話している間、無言だった。

「——私、納谷さんに恨まれる覚えがないんです」

　と、実加は言った。「間違っていたらすみません。木俣さん、納谷さんとお付合されていませんでしたか？　私、そんな気がしていたんです。そして、納谷さんが私と木俣さんの仲を誤解して、あんなことをしたのじゃないかって……。他に考えつかないんです。教えて下さい。私の思い違いでしょうか」

　しばらく沈黙があった。——木俣の背後も全く何の音もしていなかった。どこにいるのだろう。

　木俣は答えなかった。

　風呂場の方で、幸世が出て来る気配がして、

「木俣さん——」

　と言いかけると、

「改めて話しに行くよ」

　と、木俣は早口に言って、切ってしまった。

「——お姉ちゃん」

と、幸世の声がした。

「うん。出たのね」

実加はケータイを置いて、立ち上った。「湯冷めすると風邪ひくよ！」

バスタオルで幸世の体を拭《ふ》き、パジャマを着せる。

ドライヤーで、濡《ぬ》れた髪を乾かしてやると、幸世もやっと明るい表情を見せた。

「TV、見ていい？」

「お姉ちゃんがお風呂から出るまでよ。出たら、もう寝ようね」

「うん」

まさか、とは思うが、納谷清美がもう一度やって来るということも考えなくてはならない。

実加は、あえて幸世に注意はしなかったが、入浴は簡単にシャワーだけですませた。

本当はお湯に浸って温まりたいが、落ちつかない。

早めに出ると、

「お姉ちゃん、出るの早いよ」

と、幸世に文句を言われてしまった……。

22　告白

幸世と二人、朝十時ごろまで寝てしまった。

カーテンを開けると、まぶしいような日射《ひざ》しが目を射た。

「いいお天気！　久しぶりね！」

思わず声を上げてしまった。

幸世はパッと起きて、さっさと顔を洗う。

実加は、若いとはいえ、幸世のようにはいかず、欠伸《あくび》して、伸びをしながらパジャマを脱いで……。

結局いつもの休み通り、スッキリ目が覚めるまで三十分近くかかってしまった。

朝はトーストと目玉焼きにして、

「どこかに出かける？」

と、実加は訊《き》いた。

ゆうべの出来事を、幸世に忘れさせたかった。あれはあくまで実加だけの問題だ。

「デパート！」

と、幸世が即座に答えた。

「まあ。何かお買物？」

「地下のお菓子売場で、お母さんの好きなお団子を買いたい」

「へえ！　おいしいの？」

「うーん……」

幸世はちょっと考えて、「私、あんまりおいしいと思わないけど、お母さん、好きなの」

子供は正直だ。

「じゃあ、お姉ちゃんも食べてみるわ。幸世ちゃんは自分でおいしいと思うものを買いましょうね」

「うん」

「お昼、食べようと思ったら、混むから早く出ないと。じゃ、すぐ仕度して出ましょうか」

「いいよ！」

幸世は張り切っている。――今の内からデパートが好きとなると、この先、大変かしらね、と実加は余計な心配をしていた……。

子供のころは、「人疲れ」というものがないのかもしれない。

実加も、小さいころは人ごみに出ても、それで疲れるということはなかったような気がする。しかし——今はもう子供じゃなかった！

「大丈夫、お姉ちゃん？」

と、幸世に心配されて、実加は無理に笑顔を作らなくてはならなかった。

クリスマスも近いデパートである。混んでいるのは当り前と分っていたが、実際に来てみると、想像を絶する状況だった。

「酸欠の金魚だわ……」

と、口を開けて息をつく。

「何、それ？」

「最近はあんまりそんなこと言わないわね」

と、実加は笑って、「何でもないの。大丈夫」

お菓子の前に、クリスマスプレゼントを買おうということになって、父と祐子に、何がいいか、二人で歩き回った。

人ごみの中、実加と幸世はしっかり手をつないでいた。一旦《いったん》はぐれたら見付けられない。

もちろん、幸世も小さな子供ではないから心配ないが、それでも実加は幸世の手を握りしめていた。

それは妹というより、ほとんど「わが子」に接しているような気持だった。

この子には、私がついていてあげなくては。

——いつの間にか、そう考えている自分がいた。

いや、幸世はもう十歳なのだ。あと何年かすれば、実加が手をつないでいなくてもよくなる。

そう考えると、フッとある寂しさにとらえられた。

お姉ちゃん。——お姉ちゃんも、私が大きくなっていくとき、そんな気持になったんだろうか？

頼りない、気弱な妹だったが、それでも少しずつ成長していく姿を、姉、千津子はどんな思いで見ていただろう。

お姉ちゃん。——今、私にも妹がいるんだよ。私が「お姉ちゃん」になったんだよ。

千津子が知ったら、

「頼りないお姉ちゃんね」

と笑うかもしれない……。

「——お姉ちゃん」

と、幸世が言った。

「うん？　何？」

「あんまり強く握ると、手が痛い」

アパートに帰るのは夜になった。

まだ八時くらいで、人通りもあるので、心配はしなかった。

デパートを歩き回ってくたびれたので、夕飯は地階でお弁当を買って、病院へ回り、父のところに顔を出した。

祐子と三人、病院の中の休憩所でお弁当を食べたのである。——ゆうべのことは、何も話さなかった。

幸世にも、「色々分らないことが沢山あるから、黙っててね」と言っておいた。

木俣からは何も言って来ない。

今夜にでも何か……。でも、こちらからは連絡できない。あれ以上、言うことはない。

と、呟《つぶや》くように言って靴を脱いだ。

「お邪魔します……」

しのぶは、口の中で小さく、

「何言ってるの。ずいぶん待った？　さあ、上ってよ」

と、安田しのぶは玄関で恐縮したように頭を下げた。

「突然、すみません」

立っていたのは、安田しのぶだったのである。

と言いかけて、ホッと息をついた。「何だ！　しのぶちゃん！」

「あの……」

部屋の前に、誰か立っていたのだ。

実加は足を止めた。

そして、やっと二階へ上ると――。

アパートの階段を上るのが、まるで山登りでもしているかのようだった。

散々デパートを歩き回って、「足が棒」とはこういう感じかと思った。いつも、そんなに歩くことがないせいもある。

「足がだるい……」

「電話もらったかしら？　気が付かなかったのかな、私」

実加は急いで部屋を暖めた。

「いえ、黙って来てしまったので」

「そう。座って。寒いところでずっと待っててくれたのね」

「いえ、二十分くらい……」

「でも、通路寒いもの。今日は幸世ちゃんのお供で、デパートに行ったの。凄《すご》かった！」

と笑いながら、「──紅茶でいい？　この間、人からいただいたのが結構おいしくて」

紅茶をいれながら、実加はやっと、しのぶが何しに来たのだろう、と思った。

もちろん、実加にとっては年下の友人だ。用がなくても来てもらって一向に構わないのだが。

しかし、何だか今日のしのぶは、いやに沈んでいる様子だった。しのぶらしくない。

そう気付くと心配になって、

「──さ、どうぞ」

と、紅茶を置くと、「何かつまむものでもあるといいんだけど。デパート中歩き回ってたのに、クッキー一つ買わなかったわ」

しのぶは脱いだコートをていねいにたたんで、紅茶をそっと飲んだ。

「しのぶちゃん――」

と、実加が言いかけると、

「ドアが……」

と、しのぶが言った。

「ええ、また、ちょっとね。――ゆうべ、びっくりすることがあって。ショックなこと、って言った方がいいかな」

「納谷さんのことですね、〈Sパレス〉の」

と、しのぶが言った。

実加は当惑して、

「ええ……。どうして知ってるの？」

と訊いた。

納谷清美がやって来たことは、木俣にしか話していない。そのはずだ。

手にしていたティーカップを、実加は置いた。――まさか。

「すみません！」

しのぶが頭《こうべ》を垂れて、絞り出すように言った。「こんなことになるなんて……」

実加はしばし言葉を失っていたが、しのぶがハンカチで涙を拭くのを見て、

「そうだったの。――しのぶちゃん、木俣さんと……」

〈連絡会議〉の細々とした打ち合せを、しばしばしのぶに任せた。当然、木俣と二人きりで会う機会は少なくなかった。しのぶが木俣に魅《ひ》かれたとしてもふしぎではない。

「私……実加さんが木俣さんのこと、好きなんだと思っていたので、打ち合せの後、お酒も飲みに行きませんでした。でも……」

と、しのぶは少し口ごもって、「あのことが……。実加さんのお友達が……」

「さつきのことね。あのとき私、木俣さんと旅行に行く予定だった」

「聞きました。そして木俣さんから、『北尾さんに振られちゃったんだよ』と電話があって、その後、夜、初めて帰りに会って、お酒飲んだんです。『もう北尾さんとは何でもない』と言われて……。たぶん、私も木俣さんへの気持を抑えてたんだと思います。好きになってもいいんだ、と思うと、もう止められなくて……」

しのぶが辛《つら》そうに目を伏せた。

「分るわ。――でも、しのぶちゃん、木俣さんはその一方で、あの結婚式場の納谷さんとも……」

「ええ。〈Sパレス〉の納谷さんとのことは、私も噂《うわさ》で聞いてました。でも、木俣さん、『もう彼女とは友達付合なんだ』って言ってたんです。どうってことない、気にしなくていい、って。でも――そうじゃなかったんですね」

「納谷さんは、木俣さんの相手が私だと思い込んでたのよ。それでドアにあんな……」

「木俣さんから聞いて、びっくりしました。まさか、そんなことだったなんて……。実加さんが私の代りに恨まれてるって知って、私、申し訳なくて……」

「しのぶちゃん」

実加は身をのり出して、しのぶの手を取ると、「あなたが謝るようなことじゃないわ。本当よ。自分を責めたりしないでね。誰が悪いってわけじゃないわ」

「実加さん……」

しのぶはハンカチで涙を拭くと、「でも……このままじゃいけないですよね」

と言った。

「そうねえ……。いずれにしても、木俣さんには奥さんも子供もいる。あなたも、深みにはまらない方が」

「ええ」

しのぶは肯《うなず》いて、「――私、割とすぐ立ち直る人間なんで。知ってるでしょうけど」

「知ってる」

と言って、実加はちょっと笑った。

しのぶも笑顔になって、

「紅茶、いただきます」

と、ティーカップを取り上げた。

帰って行くしのぶを、実加はコートをはおって、送って行った。

「寒いからいいですよ」

と、しのぶは言ったが、

「一緒に歩きたいのよ」

と、実加はアパートを出ながら言った。

外はもちろん寒かったが、風がないのでそう辛くはなかった。

「クリスマスイヴ、暇そうだな」

と、しのぶが言った。

「じゃ、一緒に食事しない？　父も外食できるから、一家で食事することにしてるの。

良かったらあなたも」

「え？　でも、お邪魔じゃないんですか？」

「そんなことないわよ。幸世ちゃんも、きっと喜ぶ」

「楽しそう。じゃあ……ぜひ！」

「ええ、そうして。まさか、父があそこまで元気になるなんて思わなかった。暮れまではとても無理って言われてたのよ」

「実加さんの愛情ですよ。結婚式を挙げさせたりして、お父様に生きがいができたから」

「その点は、ちょっと自慢ね」

と、実加は微笑んだ。

「――それじゃ」

駅前に来て、二人は別れた。

実加はちょっと息をつくと、

「どうなるんだろ」

と呟いた。

しのぶが、わざわざ実加のところへやって来てくれたことは、実加を安堵《あんど》させた。

もし、しのぶが本気で木俣に夢中になっていたら、実加も複雑な気持になっていただろう。

ともかく――自分が木俣と別れたのは、いいことだった、と思った。

「寒い！　早く帰りましょ」

と、口に出して呟くと、駅を後にした。コートのポケットで、ケータイが鳴った。ほとんど無意識に持って出たらしい。メールの着信だった。何と、今別れたしのぶからだ。

〈実加さん！　ずいぶん迷ったんですけど、思い切って話しに行って良かったです！実加さんに恨まれて一年終わりたくないですものね。また会社で！〉

実加は微笑んだ。

正面切っては、照れて言いにくいことを、こうしてメールで送ってくる。これはこれで、巧みな生きる知恵かもしれない。

いつもならメールが来ても、たいてい読むだけだが、今は足を止めて、

〈しのぶちゃんは私の大切な友達。そして、妹かもしれない。本当の妹みたいな気がしてる。これからもよろしくね！〉

送信して、アパートへと急ぐ。――アパートが見えて来たところで、またしのぶか

らメールが来た。

〈嬉《うれ》しいです！　お姉ちゃん！〉

実加はちょっと笑った。

目の前に誰かが立った。実加は足を止めた。

「――納谷さん」

納谷清美が青白い顔で立っていた。その手に、白く光るカッターナイフがあった。

「やめて下さい」

と、実加は言った。「――納谷さん」

凍りつくような風が吹きつけて来た。

23　明日に

実加は個室のドアを開けて、

「遅くなってごめん」

と、中へ入って行った。

「お肉、なくなっちゃうよ」

と、幸世が言った。

部屋の中に、温かい湯気の香りが立ちこめている。テーブルの真中でぐつぐつと煮立っている、しゃぶしゃぶの鍋《なべ》のせいだ。

「お邪魔してます」

と、安田しのぶが恐縮したように言った。

「いいのよ。うんと食べてね」

実加はコートを脱いで、部屋の隅のコート掛けにかけた。

「忙しいのか」

と、車椅子の父が言った。

「仕事じゃないの。ちょっとお見舞にね」

と、空いた椅子を引いて座る。

お店の半てんを着た女性が、おしぼりとお茶を持って来てくれる。実加は、お肉の追加を頼んだ。

「こんな所で食べられるようになったんだ」

と、実加は父の方へ向って言った。

「ねえ。夢みたいだわ」

と、祐子が微笑む。

父、雄一が、

「実加、誰か具合悪いのか」

と、気にして訊いた。

「え？　ああ、学校のときの知り合い。大したことないの」

実加は割りばしを割って、「さ、遅れを取り戻すぞ」

と、ロース肉を一枚取って鍋に入れた。

クリスマスイヴの食事にしゃぶしゃぶ。ちょっとそれらしくないが、そのせいでこうして個室が取れたのだ。

幸世は自分でお肉や野菜を鍋に入れるのが楽しいらしく、せっせとおはしを使っている。

「少しは落ちついたのか、仕事」

と、雄一が訊く。

「何とかね。仕事納めの日までには片付くと思う」

「実加さんばかり忙しくて、申し訳ないです」

と、しのぶが言った。

「そんなことないわよ。しのぶちゃんは今年大活躍したんだもの」

「もう、実加も十年だろ。今の会社は」

「来年で九年ね。早いわ」

「俺は寝てるばかりで何もできないが」

「病人が何言ってるの」

と、実加は苦笑した。「祐子さんに苦労かけないのよ」

「私はちっとも……」

祐子はそう言って、「この辺の野菜はもう大丈夫よ」

「自分で取る！」

母親に取ってもらうのを、幸世は断固として拒否している。

「はいはい。――じゃ、大きな子供の方に取ってあげるわ」

祐子は、雄一のごまだれの器に、お肉を入れた。

――こんな風景、一年前にはとても想像できなかった。

人生、何が起るか分らない、と実加は思った。

そう。もし、あの日、木俣と旅行に出かけていたら、今ごろどうなっていただろう。

たとえ、この店で、同じように鍋をつついていても、心の奥底に何か重苦しいものを隠していなければならなかっただろう。

あれで良かったんだ……。

実加は、つい一時間前、会っていた。木俣と、病院の人気《ひとり》のなくなった待合室で。

木俣は実加に、「すまなかった」と詫《わ》びた。

「すまなかった」

と、木俣は言った。「迷惑をかけてしまったね」

「私はいいんです」

と、実加は言った。「ただ――納谷さんの心の傷のことを忘れないで下さい」

「うん……」

――この日、実加は病院に納谷清美を見舞っていた。

あの夜、清美はカッターナイフで、実加に切りつけるのではなく、自分の左手首を切ったのだった。

血がほとばしったが、実加はすぐに救急車を呼んで、この病院へと、泣いている清美を連れて来た。

傷は、見かけほどは深くなかった。実加はホッとしたものの、むしろ問題は清美の

と　う　も　い

心の中だと感じていた。

「言いわけになるかもしれないが――」

と、木俣は言った。「納谷君とは、そうしばしば会ってたわけじゃないんだ。確かに一時期、かなり深い仲になったこともあった。でも――何と言うかな。お互いに相手の合わないところも色々見えて来て、段々距離を置くようになっていた。彼女も、そういう付合い方になっても、文句を言うでもなかったんだ。だから……」

木俣は言葉を切った。

実加の厳しい表情を見て、自分の言葉が信じられていないと感じたのだろう。

「ともかく」

と、木俣は息をついて、「もう、君に迷惑をかけることはないと思うよ。色々大変だったね」

まるで他人事《ひとごと》のような言い方に、実加は失望した。――仕事の上では、プロであり、何も分らない実加にあれこれ指導してくれた木俣だが、そのことと、今度の出来事は別問題だ。

「木俣さん」

と、実加は言った。「私はまだ若くて、何につけても経験も乏しいし、納谷さんのように激しい思いを男の人に抱いたこともありません。だから、口を出す資格はないのかもしれない。でも、川辺さつきの事件があったり、昔の知人が自分で命を絶ったりするのを、このわずかの間で経験しました。私——人を傷つけてまで、人を恋したいと思いません」

「それは——」

「ええ、分ってます。子供じみた言い方かもしれない。でも、私、思い出したんです。納谷さんが手首を切って、血を流しながら泣いている姿を見て。——母のことを」

と、実加は言った。「父の裏切りを知って、母は冷たい雨の中へ出て行って、死にました。もちろん、自分でも分ってたはずです。死のうとしていることを。納谷さんの姿が、あの冷たい雨に打たれていた母の記憶と重なったんです」

実加は真直《まっす》ぐに木俣を見つめて、

「木俣さんが謝るべきなのは、私じゃなくて、奥様です。こんなことがあって、奥様も、もうすべてご存知なのでしょう?」

木俣はちょっと目をそらして、

「まあ……たぶんね」

と、曖昧《あいまい》に答えた。

と　う　も　い

おそらく、そのことでさすがに奥さんとの間で、何かあったのだろう。

「木俣さんには本当にお世話になりました」

と、実加は改って、「とても感謝しています。でも、個人的にお付合することはできません」

そう言うと、実加は立ち上った。

「それじゃ、私、約束があるので」

「そう。——後のことは、僕がちゃんとするから」

木俣は少し急いだ口調で言った。

「よろしく。——失礼します」

実加は足早にエレベーターへと向った。木俣が自分を見送っているかどうか、知るすべはなかった……。

「——すまないがな」

父、雄一の言葉の断片だけが、我に返った実加の耳に入って来た。

え？　何なの？

一瞬ポカンとして、

「お父さん、今、何か言った？」

「何だ、聞いてなかったのか」

「ごめん！　食べるのに夢中で」

「もの思う年ごろなんだよ、お姉ちゃん」

と、幸世に言われて、実加は、

「こら！　大人をからかうな！」

と、にらんだ。

しのぶがふき出して、

「幸世ちゃんにはかないませんね」

と言った。

「全くもう……。先が思いやられる」

と、実加は大げさにため息をついて、「それで、何と言ったの、お父さん？」

「ああ。要するに――今はこうして調子がいいが、病気が病気だ。いつどうなるか分らない。万一のときは、よろしく頼む、ということだ」

「あなた」

と、祐子が言った。「私が働けるんだから。実加さんには、自分の生き方が……」

「それはそうだが、こんなことになるとは……」

「──こんなこと、って？」

と、実加が戸惑って、「何か変ったことでもあったの？」

雄一と祐子が、何だか妙に黙りこくってしまった。実加は食べる手を止めて、

「何なのよ？　もう、色んなことがあったから、少々のことじゃ驚かない！」

「──聞いちゃった」

と、幸世が言った。「私に妹か弟ができるの」

実加は、しばし時間が止ったような気がして──。

「え……。それって……祐子さん……」

「私も、もう四十過ぎですし、まさか、こんなことになるなんて……」

と、祐子が真赤になっている。

「ええ？　でも……」

「式の日に、ホテルに二人で泊ったろう」

と、雄一が言った。「何だか妙に目が冴《さ》えてな。手助けしてもらって風呂《ふろ》に入ってる内に……その……」

「え……。え？」

実加がただ目を丸くしていると、

「おめでとうございます！」

と、しのぶが言った。

「私、妹がいいな」

と、幸世が言った。

――実加はやっと息をついて、

「そういうこと……だったの」

「まだ、どうなるか分らないけど……今のところは順調で」

と、祐子は汗を拭いた。「もちろん、実加さんには迷惑かけないようにします」

「いや、しかしそうもいかないだろ」

と、雄一が言った。「実加、すまんが、力になってやってくれ」

「それはもちろん……。でも……びっくりした！」

これはどう考えても「少々のこと」じゃない！

一年のしめくくりに、とんでもない出来事が。――でも、大変かもしれないが、ここには「明日」がある。

「――実加さん、大丈夫ですか？」

と、しのぶが言った。

「大丈夫よ！　でも——何て一年だったんだろ」

幸世が、

「お姉ちゃん、お肉が煮えちゃってるよ」

と言った。


父たちの乗ったタクシーを見送って、実加は北風に首をすぼめた。

「まだドキドキしてる」

と、実加が言うと、

「よく行くスナックがあるんです」

と、しのぶが言った。「入れるかどうか分らないけど、行ってみます？」

「そうね。ともかく少し歩いて、頭冷やさないと」

二人で歩き出すと、どこかでにぎやかに騒いでいる若者たちの声がしている。

「嬉しそうでしたね、お父様」

と、しのぶが言った。

「まあ、そうね。先の長くない自分の代りに、生まれてくる命がある、って感じてるのかな。――でも、まだ当分元気そうだけど」

と、実加は苦笑した。「これから妹か弟ができる？　想像つかない！」

――お姉ちゃん、と実加は、千津子に話しかけた。

私、お姉ちゃんになったと思ったら、またお姉ちゃんになるんだよ！

そう。いくら千津子でも、こんな未来は想像していなかっただろう。

実加は夜空を見上げた。

風があるせいか、星がきれいに見えている。

そして、実加はその星空から、千津子が声をかけてくるのを、確かに聞いた。

「頑張れ、いもうと」

解説――「ふたり」のその後

中江有里

この本を手に取った方はおそらく前作『ふたり』をお読みになっている、と勝手ながら仮定している。

前作の単行本刊行からすでに三十年以上が過ぎ、細部を忘れているという方はいると思う。先に短くあらすじを紹介し、本書『いもうと』との繋《つな》がりと決定的な違い、変わったこと、変わらないことについて綴《つづ》ってみたい。

『ふたり』は北尾《きたお》千津子《ちづこ》、実加《みか》姉妹の物語。不慮の事故で亡《な》くなった千津子の声が、ある日実加にだけ聞こえるようになる。様々な困難や窮地に陥るたびに千津子の声は実加を救う。年を取らない姉と成長する妹の関係が永遠には続かないことを予感させる、ほろ苦いファンタジー。

一九九一年に大林宣彦《のぶひこ》監督によって映画化され、実加は石田ひかりさん、千津子は中嶋朋子《なかじまともこ》さんが演じている。ちなみにわたしは実加に敵意を抱く前野万里子《まえのまりこ》を演じた。

演者として、赤川作品の一読者として『ふたり』は、二つの意味で忘れがたい大切な作品である。

映画ロケに参加したのは十六歳のころだった。実加や千津子と同世代だったこともあり、小説というよりもリアルな人物として触れ、どっぷり感情移入した。

あれから三十年後、赤川次郎さんがその『ふたり』の続編を書いていると知ったときは驚いた。大人になった実加にまた会えるとは思いもしなかったからだ。

二〇一九年に刊行された単行本の『いもうと』の実加は二十七歳。『ふたり』から十一年後の物語である。

十六歳だったわたしは実加の両親の年代に近くなり、親の目線でも彼女を見られるようになった。読書の面白さのひとつに、同じ本を読んでも年齢を重ねて読み方が変化するところがある。『ふたり』から三十年後に『いもうと』を読めるのはまさに個人的僥倖《ぎょうこう》であった。

本作で実加を取り巻く環境は、驚くほど変化している。

北海道へ単身赴任していた父雄一《ゆういち》の裏切りは前作で描かれた。

本作の冒頭で、心を病んで入院していた母治子《はるこ》が亡くなり、北の地では腹違いの妹が誕生していた……千津子の声が聞こえなくなった実加の身にこれらのことが容赦なく降りかかる。

前作はほろ苦いファンタジーだと書いたが、本作は苦い現実である。千津子という助っ人はおらず、実加ひとりで受け止めなければならない。その一因は『ふたり』のヒロインのうちのひとり千津子の存在を封じ込めたことだ。これは相当な冒険と思われる。

叱《しか》られる覚悟で、あくまで仮定の話として聞いてほしいが、わたしがもし『ふたり』の続編を書くなら、きっと千津子を再登場させ、実加のピンチを救う展開にする。なぜならわたし自身がそれを期待しているから。

しかし赤川さんは実加にさらなる試練を与え、道を踏み外してしまう人物と出会わせる。その一人が神永智也《かみながともや》だ。

生前の千津子が好意を持った智也と実加は偶然再会する。その後の智也についてはは本作で確かめてほしいが、以前を知る者にとっては意外過ぎる姿であっただろう。

実加の友達・長谷部《はせべ》真子《まさこ》も思わぬ人生を歩んでいる。本作でも実加の良き相談相手として登場してくれたのは嬉《うれ》しい。

高校卒業後、実加は父を頼らず、いち早く社会に出ることに決める。それは亡き母と姉に対する追悼でもあった……と綴られるが加えて言うなら、実加は他者に振り回される人生からの脱却を選んだような気がする。

自分で決めた道を歩む。一人で生きていこうとしても、実加の優しさは面倒なことを吸い寄せてしまう。言い方を変えるなら、実加という実直な存在にある種の人々が頼ってしまうのではないか。

実加に頼りたがる人々は、特別な悪人ではない。むしろありふれた普通の人々だ。ほしいものを手に入れたい、誰かに愛されたい、何かで満たされていたい、一人で立っていられない人々は実加を非常時の支えにしてしまう。

たとえば実加の家に押しかけて同居を始めてしまう川辺《かわべ》さつきは、さっぱりとした性格で一緒にいても気楽でよい後輩なのに、恋した相手を離したくないあまりに、人生が変わってしまう。

「ホテルR」の木俣《きまた》は、会社の重要なプロジェクトを任された実加の強い味方となる。実加は頼れる彼に惹《ひ》かれていくが向こうには妻子があることを知り、必死で恋心を抑える。しかし木俣の方から実加の心に忍び込んでくる。

父雄一が転勤先で部下の内田《うちだ》祐子《ゆうこ》と深い関係になったことで家庭はバラバラになった。そんな過去がある実加にとって、木俣との不倫へ突き進めるわけがない……と思っていたが、実加自身、膨らむ恋心に逆らえなくなりそうになる。その姿は『ふたり』の実加とは全く違う。

本作では、千津子は夢に一度出てくるのみで、実加の悩みにはっきりとは答えない。ドキッとしたのは、実加の最初の性体験に触れるところだ。「何も憶《おぼ》えてない」とあっさりと書かれている分、むしろ実加が抱える傷の深さが浮き彫りになった気がする。読者として（同性として）胸が痛んだ。一時でも自身をぞんざいに扱ってしまったことへの後悔はおそらく一生消えることはない。成長するということは、消えない傷も覚悟しなくてはならない。その傷痕《きずあと》を時折撫《な》でて、感傷にふけることも年月が経《た》ったからこそできる。たった一場面だけの姉妹の会話に郷愁を感じた。

先に「道を踏み外す」人物について書いたが、実加だって例外ではない。前作ラスト付近で実加が刃物を持ち出した場面があった。激しい感情に振り回される実加を千津子は止めようとするが「お姉ちゃんなんか、どこかへ行っちゃえ！」と言葉をぶつけてしまう。それっきり千津子の声は実加に聞こえなくなる。

そんなこともあって、気持ちに振り回されないように生きてきた実加が、いつのまにか周囲に、あるいは自分の恋心に振り回されてしまう。それによって人生の行き先を見失ってしまいそうになる。

わたし自身にも似たようなことはある。なりたかった自分になってはいないし、望んだ道を来たわけでもない。だから余計に思い通りにならない現実を前にする実加の鬱屈《うっくつ》した思いに共感してしまうのだろう。

年月によって人は変わる。そして変わらない部分もはっきりしてくる。

実加でいうなら、目の前で困っている人を放っておけないところが変わらない。本作での実加はあらゆる人に頼られがちで、そうなってしまうことを無意識にわかって、人の事情に入り込まないようにしている。しかしそう決めても、やっぱり困っている人を放っておけない。

『ふたり』時代の実加も、社会人になった実加も人を思いやりすぎる、そこが北尾実加なのだ。

実加自身の性格なのだろうが、姉妹の妹であることも関係しているのではないか、とふと考えた。

なぜならわたし自身、姉妹の姉という立場で、四つ下の妹のことを子どものころから何かにつけ気にしてきたから。なぜと聞かれても、自分の記憶にもないころからそうなっているので理由はない。

千津子もまた常に実加を気にかけていた。妹の心情は想像するしかないが、誰かにいつも見られているのは「安心」、それとも「ウザイ」？……きっと実加は前者であったと思う。いつも姉に見守られてきた実加に妹ができたら……やはり同じように見守ろうとするはず。

本作のタイトル『いもうと』は腹違いの妹幸世《さちよ》のことでもあるが、ラストではさらに意味が深まる秀逸なタイトルだ。「姉」や「妹」というのは対比する存在があって成立するが、千津子が死んでも実加は「妹」であり続けるし「母」は他界しても「母」である。そう、一度かかわった人はこの世を去っても消えないし、声が聞こえなくとも、想像すれば話してもくれる。ここに居ても、居なくても、家族が家族であることは変わらない。

実加は妹を見守り、そして実加も見守られる。気持ちがほぐれ、かすかな明るい光が差し込む。

最後の一行に胸がいっぱいになった。

（二〇二二年二月、女優・作家）

この作品は二〇一九年十月新潮社より刊行された。

佐藤多佳子著

明るい夜に出かけて

山本周五郎賞受賞

深夜ラジオ、コンビニバイト、人に言えないトラブル……夜の中で彷徨う若者たちの孤独と繋がりを暖かく描いた、青春小説の傑作！

阿川佐和子・角田光代
沢村凜・柴田よしき
谷村志穂・乃南アサ 著
松尾由美・三浦しをん

最後の恋

―つまり、自分史上最高の恋。―

8人の女性作家が繰り広げる「最後の恋」をテーマにした競演。経験してきたすべての恋を肯定したくなるような珠玉のアンソロジー。

篠田節子著

長女たち

恋人もキャリアも失った。母のせいで――。認知症、介護離職、孤独な世話。我慢強い長女たちの叫びが圧倒的な共感を呼んだ傑作！

重松清著

まゆみのマーチ

―自選短編集・女子編―

ある出来事をきっかけに登校できなくなったまゆみ。そのとき母は――。著者自らが選ぶ、少女の心を繊細に切り取る六つの傑作短編。

朱川湊人著

かたみ歌

東京の下町、アカシア商店街ではちょっと不思議なことが起きる。昭和の時代が残したメロディが彩る、心暖まる七つの奇蹟の物語。

白河三兎著

冬の朝、そっと担任を突き落とす

校舎の窓から飛び降り自殺した担任教師。追い詰めたのは、このクラスの誰？　痛みを乗り越え成長する高校生たちの罪と贖罪の物語。

瀬尾まいこ著　**君が夏を走らせる**

金髪少年・大田は、先輩の頼みで鈴香（一歳）の子守をする羽目になり、退屈な夏休みが急転！　温かい涙あふれるひと夏の奮闘記。

田辺聖子著　**朝ごはんぬき？**

三十一歳、独身ＯＬ。年下の男に失恋して退職、人気女性作家の秘書に。そこでアラサー女子が巻き込まれるユニークな人間模様。

田中兆子著　**甘いお菓子は食べません**

頼む、僕はもうセックスしたくないんだ。仲の良い夫に突然告げられた武子。中途半端な〈40代〉をもがきながら生きる、鮮烈な六編。

武田綾乃著　**君と漕ぐ**
―ながとろ高校カヌー部―

初心者の舞奈、体格と実力を備えた恵梨香、上位を目指す希衣、掛け持ちの千帆。カヌー部女子の奮闘を爽やかに描く青春部活小説。

千早　茜著　**あとかた**
島清恋愛文学賞受賞

男は、どれほどの孤独に蝕まれていたのだろう。そして、わたしは――。鏤《ちりば》められた昏い影の欠片が温かな光を放つ、恋愛連作短編集。

辻村深月著　**盲目的な恋と友情**

まだ恋を知らない、大学生の蘭花と留利絵。やがて蘭花に最愛の人ができたとき、留利絵は。男女の、そして女友達の妄執を描く長編。

西加奈子著

白いしるし

好きすぎて、怖いくらいの恋に落ちた。でも彼は私だけのものにはならなくて……ひりつく記憶を引きずり出す、超全身恋愛小説。

乃南アサ著

いつか陽のあたる場所で

あのことは知られてはならない――。過去を隠して生きる女二人の健気な姿を通して友情を描く心理サスペンスの快作。聖大も登場。

早見和真著

イノセント・デイズ

日本推理作家協会賞受賞

放火殺人で死刑を宣告された田中幸乃。彼女が抱え続けた、あまりにも哀しい真実――極限の孤独を描き抜いた慟哭の長篇ミステリー。

藤岡陽子著

手のひらの音符

45歳、独身、もうすぐ無職。人生の岐路に立ったとき、〈もう一度会いたい人〉を思い出した――。気づけば涙が止まらない長編小説。

松本侑子著

みすゞと雅《が》輔《すけ》

孤独と闘い詩作に燃える姉・みすゞと、挫折多き不器用な弟・雅輔。姉弟の青春からみすゞの自殺の謎までを描く画期的伝記小説。

益田ミリ著

マリコ、うまくいくよ

社会人二年目、十二年目、二十年目。同じ職場で働く「マリコ」の名を持つ三人の女性達の葛藤と希望。人気お仕事漫画待望の文庫化。

サキ短編集
中村能三訳

ユーモアとウィットの味がする糖衣の内に不気味なブラックユーモアをたたえるサキの独創的な作品群。「開いた窓」など代表作21編。

リチャード三世
シェイクスピア
福田恆存訳

あらゆる権謀術数を駆使して王位を狙う魔性の君主リチャード——薔薇戦争を背景に偽善と偽悪をこえた近代的悪人像を確立した史劇。

家なき子（上・下）
H・マロ
村松　潔訳

自らが捨て子だと知ったレミは、謎の老芸人に引き取られて巡業の旅に出る。別れることのない真の家族と出会うことができるのか。

赤毛のアン
—赤毛のアン・シリーズ1—
モンゴメリ
村岡花子訳

大きな眼にソバカスだらけの顔、おしゃべりが大好きな赤毛のアンが、夢のように美しいグリン・ゲイブルスで過した少女時代の物語。

体の贈り物
R・ブラウン
柴田元幸訳

食べること、歩くこと、泣けることはかくも切なく愛しい。重い病に侵され、失われゆくものと残されるもの。共感と感動の連作小説。

小公女
バーネット
畔柳和代訳

最愛の父親が亡くなり、裕福な暮らしから一転、召使いとしてこき使われる身となった少女。永遠の名作を、いきいきとした新訳で。

いもうと

新潮文庫　あ－13－18

令和四年四月一日発行

著　者　赤《あか》川《がわ》次《じ》郎《ろう》

発行者　佐藤隆信

発行所　株式会社　新潮社

郵便番号　一六二―八七一一
東京都新宿区矢来町七一
電話　編集部（〇三）三二六六―五四四〇
　　　読者係（〇三）三二六六―五一一一
https://www.shinchosha.co.jp

価格はカバーに表示してあります。

乱丁・落丁本は、ご面倒ですが小社読者係宛ご送付ください。送料小社負担にてお取替えいたします。

印刷・大日本印刷株式会社　製本・加藤製本株式会社

ISBN978-4-10-132749-5 C0193